北岡 清道

漱石を読む

——読書会「桐の会」とともに——

溪水社

まえがき

本書は「桐の会」読書会が発行した三十周年記念文集・資料編の中から、北岡清道の執筆した論考・考察・解説、あとがきなどの文章を抜き出して編集したものである。

「桐の会」は、漱石、グリム童話、アンナ・カレーニナ、芥川龍之介作品を読み、次に、また漱石作品の再読がなされ、一作読み終えるごとに文集が発行された。

その二十一号「行人」まで三十年の年月が過ぎたのを記念して「記念文集・資料編」と「記念文集」が発行された。

この資料編を読まれた鳴門教育大学の橋本暢夫先生のお勧めにより、北岡はこの本を出版することにした。北岡は自分の執筆した文章をコピーして文集の発行順に組んで出版社にお願いしたところで亡くなってしまった。

私が引きついで出版することになったが、北岡死後の事務処理等に追われている間に、橋本先生が「文集の順に組むのではなく、漱石作品とその他の作品を分けて構成しては。」と御助言をして下さり、目次を作って下さったりした。

したがって最初に読んだ作品と、同じ作品の再読後の文章を合わせて組んでいて、「桐の会」の文集の発行順にはなっていない。

読書会「桐の会」の文集は二十一号「行人」の再読までと「三十周年記念文集（122ページ）」及び「三十周年記念文集資料編（280ページ）」が発行された。ここでは、次に北岡清道の遺稿、「桐の会」三十周年をあげ、「まえがき」の補いとしたい。

お読み下さる方、特に「桐の会」の会員の方がたは、上記のことを御了承の上でお読み下さるようお願いいたします。

北岡　弘子

「桐の会」三十周年

北岡　清道

一

昭和五十二年の十一月、三人の女性の来訪客があった。夏目漱石を読みたいのでご指導をお願いしたい、とのことであった。

この三人は、その年の九月から十月にかけて、前橋市の中央公民館活動の一環として行われた、研修講座《近代文学における女性像》の受講生たちだった。私は、この講座の大正期担当の講師として、有島武郎の

『或る女』をテキストとし、四回のお話をしたのだが、この講座を終えるにあたって一つの提案をした。

この熱心な学級がこのままで終わってしまうのはいかにも惜しい。いいテーマを見つけてもっと勉強をつづけけたらどうですか。

と、日本の古典、近代日本文学、外国文学、民話、児童文学など、いくつかのテーマをあげ、その後で、何人かの作家の名前もあげておいた。

その時あげた作家は、次の人たちであった。

夏目漱石　島崎藤村　芥川龍之介　宮沢賢治　トルストイ　ドストエフスキー　グリム童話
私個人の好みをそのままに出したものだが、四回の講義で、受講生を満足させるようないい話ができなかったことへの罪滅ぼしの気持ちをこめての提案でもあった。

この三人の訪問者は、私のその提案を正面から受け止め、まじめに話し合いをしてきた人たちであった。

私は、一つの条件を出した。「三年間。少なくとも三年間はつづけられますか。」三人は即座に答えた。

「つづけます。がんばります。」

話はそれで決まった。その三年間が、今、三十周年を迎えることとなったのである。
※このときの来訪者は、「桐の会」の阿部喜久江（会長）、大手幸江（副会長）、斉藤正子（幹事）の三人であった。

二

「桐の会」の三十年間。「桐の会」は常に安泰、順風満帆、というわけではなかった。「桐の会」にも危機があった。会員のなかの意欲の衰え、盛り上がりのなさ、熱の薄さが、不快な電流のように私の体内にも伝わってくる時期があった。

考えてみれば、この危機は、グリム童話を読んだ後、芥川龍之介を取り上げた頃からだったような気がする。

会員たちにいつもの活気がない。何となくだれている。作品を読んでいても、読み合う、話し合うというものの空気が感じられない。しかも、お互いに、今自分たちがみな無気力になっていることをわかっているようなところがある。芥川龍之介読了後の文集作成の時も、「アンナ・カレーニナ」読了後の文集作成の時も、会員たちのパワーは、ついに全開せずのままだった。いつも美しい文集の表紙を書いていただいていた佐々木さんのご主人に表紙をお願いできるような、まとまりのある文集の形にはついにならずじまいだった。

なぜ、そうなったのか、私には今でも不可解なまま、というのが実情なのだが、今考えれば、この異様な会員の閉塞状況について、もっと率直に、会員全員で話し合うべきだったと思う。

しかし、私は何もしなかった。できなかった。

いつか、妻に、「桐の会」はもうダメになるかもしれない、とぼやいたことがある。妻は黙っていたが、その表情は、そんなにかんたんに?と言っているように見えた。私は、少し冷静になろうと考えた。

そうこうしているうちに、「桐の会」の空気が少しずつ変わり始めた。少なくとも、最悪の状態からは脱出できたように感じられた。私はホッとした。無為無策だった私に、神が、まだ「桐の会」は滅びないよ、と言ってくれたような気がした。

ともかく、結果として、「桐の会」は「桐の会」らしく立ちもどってきた。そして、今の三十周年につながっている。

（平成21年9月5日稿）

三

私は、この八月、満八十歳となった。長いと言えば長いような、しかし、それほど長くもないような、もう一つ実感の持てない八十歳であるが、この八十年の間には、私なりにいろいろな出会いがあった。大学の恩師や仲間たち。高校や大学の教え子たち。五十回を超すハイキングを楽しんだ尾瀬。五十年を超すベートーヴェンとの出会い。それぞれの出会いが、私の八十年間の人生の中ではみな大切な出会いである。

「桐の会」との三十年前からの出会いも、私にはかけがえのないものであった。ほかの、どの出会いともいささか趣が違い、味わいも違う出会いであった。私は、「桐の会」と出会ったことを今、心から感謝している。

「桐の会」、ありがとう。「桐の会」の皆さん、この三十年間をありがとう。ほんとうにありがとう。

平成二十一年九月一日

（「桐の会　三十周年記念文集」平成21年12月12日）

目次

漱石を読む

―読書会「桐の会」とともに―

一　漱石作品を読む

1 「道草」を読む

一

「桐の会」の人たちから、漱石を読みたい、という話をきいたのは、昨年の十一月であった。私は、その年の九月から十月にかけて、前橋市立中央公民館での婦人学級で、合計四回、その人たちと有島武郎の「或る女」を読んだ。明治・大正・昭和にわたる女性の生き方を文学を通して学ぶ、というのがこの学級のテーマであったが、私はその中の大正期を担当したのである。その最後の講義のとき、私は、この熱心な学級がこのままで終わってしまうのは惜しい、いいテーマを見つけてもっと勉強をつづけたらどうかと提案し、参考までに、日本の古典、近代日本文学、外国文学、民話、児童文学など、いくつかのテーマをあげておいたのであった。私の「或る女」の講義は決して上出来のものではなく、なんだか申しわけない気持ちがあったので、いわばその罪ほろぼしの気持ちもこめての提案であった。私は、その時、私自身がそのテーマの講師となることは予想していなかったので、漱石を読みたい、という申し入れをきいたとき、少し驚いたが、一面、うれしい気持ちでもあった。家庭を持ち、職場の中で生きているこの人たちとの勉強は、学生たちとはまた一味ちがった新鮮なものに思えたからである。

二

いつから始めますか、ときくと、すぐにも、という返事である。熱がさめないうちにとりかかりたいということであった。そこで、十二月八日を第一回ときめた。それ以降の経過は次の通りである。

○十二月八日（木）漱石について簡単な説明。輪読の対象を「道草」からときめる。
○五十三年一月十九日（木）「道草」第1回　一章
○二月九日（木）「道草」第2回　二〜八章
○三月十六日（木）「道草」第3回　九〜十七章
○四月二十日（木）「道草」第4回　十八〜二十八章
○五月十八日（木）「道草」第5回　二十九〜四十五章
○六月十五日（木）「道草」第6回　四十六〜六十五章
○七月二十日（木）「道草」第7回　島田、お常について
○八月三日（木）「道草」第8回　六十六〜七十九章
○九月二十一日（木）「道草」第9回　八十〜八十八章
○十月二十六日（木）「道草」第10回　八十九〜百二章
○十一月十六日（木）「道草」第11回　「道草」の疑問点、問題点。文集作成について。

「道草」全百二章を十一回で読み終えたわけである。少しテンポが早かったかな、とも思うが、まずまずの進

行ぶりであった。

三

「桐の会」の人たちは、終始、熱心であった。輪読会の中で出される意見や感想、疑問などには、時々はっとさせられるくらい鋭いものがあった。話題はおのずから健三、お住夫婦に集中することが多かったが、健三に対しても、お住に対しても、単純な非難に終わらないで、理解・共感の上に立つ問題点、疑問点の提示がおこなわれていくのは、さすがだという気がした。やはり、「桐の会」の人たちには、生活に根をおろしたところで作品を読んでいく強さがあるように思われる。漱石のきびしい作家魂に触れていく驚きや喜びが、この人たちの表情にあらわれるのを見ることができるのもうれしいことであった。

四

文集「さまざまの道草」は、「桐の会」の人たちがこの一年間、「道草」を読んできた中で生まれた感想や意見をまとめたものである。三十何年ぶりに原稿用紙にものを書いた、という人もいるし、書くことがつらくて逃げだしたい気持ちになってしまうという人もいた。書きなれないせいもあって、文章には、若干の硬さもあるが、その書きぶりの熱心さは、読みぶりの熱心さ、そのままである。

文集「さまざまの道草」は、「桐の会」の文集第一号である。「桐の会」の勉強は、このあと、「思ひ出す事など」「硝子戸の中」「明暗」とつづく。さらにそのあとにも充実したテーマが待っている。
私も、「桐の会」の人たちと、楽しい歩みをつづけていきたいと思う。

昭和五十三年十一月二十八日

2 「道草」を読むⅡ
―子供から見た漱石、鏡子から見た漱石―

一

「行人」の一郎、「道草」の健三。ともに書斎の人であり、ともに家族としっくりいっていない人である。一郎と直、健三とお住、この二組のカップルは、それぞれ微妙にくいちがっている。さらに、一郎も健三も、自分の子供ともしっくりいっていない。

このような一郎、健三を創造した漱石の、家族との関わりはどうだったのか。ここでは、漱石と子供たち、とくに、長女の筆子と長男の純一との関わり方を中心に、子供の側から見た漱石、という視点から見ていくことにしたい。なお、鏡子から見た漱石、という点についても最後に少しだけ触れることにする。

二

筆子には、「父漱石」という一文がある。岩波の漱石全集の月報に寄せられたものである。(『漱石全集』月報第十八号、昭和四年八月)

○父は一生書斎の人でした。朝起きるときから夜寝る迄、殆ど全く書斎で暮らして居りました。四十近くなってから御承知のとおり小説を初めて書き出した頃には、随分興にのって無理をしたものだそうですが、大病をしてから後というものは、新聞にのる小説一回分が其の日の日課のようで、毎日午前中にきちっと書き上げて居りました。そしてそれを自分でポストに入れに行きました。外へ出るのはそれと中食後の短い散歩位のもので、あとは小説を書いていない時でも、薄暗い書斎に閉じこもって居りました。其の間何をしていたか書斎とは縁のない私には分かりませんが、大概本を読んで、あきると絵や書を書いて楽しんでいた様子でございました。

○機嫌のいい時の父は本当にやさしいなつかしみのあるよい人でした。その反対に悪い時の怖いことと言ったら、家中びくびくもので足音をしのばせて歩いて居りました。その悪いと言いましても、其の日其の日の気分でよくなったり悪くなったりするのではなく、凡そ十年目毎に長い期間の不機嫌の日が来るのでございます。其時は全く父を狂人だと思い思い致しました。ひどい乱暴の絶頂などには、子供心にこのまま死んでくれたらなどと、後から考えると申訳のない程此方も残酷な気持ちになったこともありました。今でもその味気ない気持ちをおぼえて居りますが、母のその時の苦労を考えますと、自ずと涙がにじむ程悲しい気分にさせられます。しかし其の暗い雲が通り過ぎますと、又ほがらかな日が長く長く続いていつも奥深い微笑をたたえた父があるのでございます。

○まだ小さい時のことでございますが、私たちがいろは歌留多を取って居ると父が時々入れて呉れと言って入って来ました。父はいつも『頭かくして』という札を後生大事にねらっているのでございます。それをどうかすると私たちに取られてしまいます。其の時は両手で頭をかかえて参ってしまうのでございました。

それから小さな妹達とよく相撲をとって居たことがございました。父が亡くなった後であんなにお相撲ばかりとっていないで、そのひまに絵でも描いて貰っておけばよかったと妹達が述懐していたことがあります。それ程ですから家中で一番父に親しみのあるのはこの二人でございます。

＊　＊　＊

不機嫌の時の出来事を二三書いて見ましょう。

○不機嫌の最中のある夜のこと、私とすぐ下の妹とが、それまで腫れ物に障るように静かに気をつけていたのでしたが、どうしたはずみか急に二人で声を揃えて笑ってしまいました。はっと気がついた時には、書斎から女中部屋へジリジリンと性急なベルが鳴ります。失策ったと思う間もなく、女中が父からすぐ来いという達しだと伝えます。仕方がないからしおしおと書斎へ行きますと、父はだまって二人を睨めて居ります。ややあって蒲団をもって来なさいという命令です。小さくなって蒲団の上に坐ると、父はそのまま黙って本を読んで居ります。そうして十分もしたかと思うころに、大きな目玉でぎょろりと睨むのです。睨まれる度に二人とも縮み上がります。其の中に口の中に唾がたまります。それを音なく呑み込もうとするのでございますが、何しろ静かな夜のことで物音一つしない時とて、びっくりするような音がごくりと鳴ります。と父が又容赦もなく頭を擡げてぎゅっと睨めます。
其の夜父の監視の下で二時間ばかり静座をさせられました。あんなつらいことはございませんでした。

○これは早稲田に移ってからの話ですが、千駄木で「猫」を書いている当時にも、前に坐らされて睨まれました。其頃はまだ七つ八つの小さい事ですから一たまりもありません。余りの怖さにわあっと泣きますと、眉間を押されて倒れて了いました。怖いったらありませんでした。それ以来父は怖いものという隔てが出来て、機嫌のいい時でも何だか怖ろしくて口がきけないのです。それで思い出すのは修善寺の大患の後で幸い一命を取止めて東京にかえりました時に、まるで学校の総代が見ず知らずの名士の前につん出た時のように非常な勇気を奮って車に近づき、おどおどしながらお父さま、いかがでございますといったものですが、父は懶かったのでしょう。何とも返事をしてくれませんでした。一体私も父に近づきたく父も機嫌のいい時にはなずませたかったのでしょうが、とうとう亡くなる迄妙に両方で言いそびれた形になって親しむ事が出来ませんでした。

三

筆子は、幼児の恐怖の体験を生涯忘れることができなかった。いい時の漱石がとてもいい父親であることが、頭では十分わかっていながら、限られた時期の、限られた恐怖の体験が、やさしい父親像を筆子の中に作り上げることを拒否してしまったのである。

半藤末利子氏（筆子の四女）は、漱石の顔が千円札になった時、「お祖父さんがお札になるってどんなお気持ち?」ときかれて特別な感慨が湧かなかった一番の理由を、「母が折に触れて語ってくれた漱石の思い出が、余りにも惨憺たるものだったからであると思う。」と述べているが（『漱石の思い出』文春文庫、解説）、父親の思い出に関するかぎり、筆子は不幸な人であったということができよう。

筆子自身もよく殴られたが、おおかた髪でも掴まれて引き擦り廻されたのか、髪をふり乱して目を真赤に泣き腫らして書斎から走り出てくる鏡子を、筆子はよく見かけたものだったと言う。世間では鏡子はソクラテスの妻と並び称されるほどの悪妻として通っているが、母に言わせれば、鏡子だからあの漱石とやっていけたのだと、むしろ褒めてあげたい位のことが沢山あったのだそうである。

「あんなに恐いなら、そしてあんなにお母様をひどい目に会わせるなら、いっそお父様なんか死んでしまった方がよい」と子供の頃の筆子は何度思ったかしれないと言う。（半藤末利子、『漱石の思い出』の解説）

「とうとう亡くなる迄妙に両方で言いそびれた形になって親しむ事が出来ませんでした。」

という筆子の言葉を、天国の漱石はどう聞いたであろうか。

四

漱石の長男純一も、子供の頃、父親の暴力の対象とされた一人である。ただ、筆子と違うところは、恐ろしい父と、やさしい父の両方をそれぞれに受け入れ、最終的には父漱石への同情と理解を示すようになったことである。

○ふだんの父は、とても温和な、よい人であった。すぐ上の姉は、父と散歩などに行った帰りはかならずおんぶしてもらって家まで帰って来たと、父のやさしかった面を私達に話してくれた。また晩年の母も時々トンチンカンなことを言って皆に笑われると、よく私達に言ったものだった。「お前達は何かというと私を笑うけれど、お父さまはそんなときけっして笑ったりはしないで、いつも親切に教えてくれたよ」と。この親切な父が突然機嫌が悪くなり、ヒステリーのようになって、近よることが出来なくなるのである。要するに、よい時と悪い時との差があまりにもひどいため、とうてい同じ人と思えないくらい変ってしまうのだ。残念なことに私などは、その悪い方の記憶が多く頭に残っていて、やさしかった父のことはあまりおぼえていない。

（夏目純一「父の病気」、一九六九・二　河出書房新社、グリーン版日本文学全集7　「文芸読本夏目漱石」河出書房新社、昭和五十年六月）

○昔は何でも神経衰弱という名前で片づけられ、それ以上はもう気違いということにしてしまう。だからお弟子さんたちは父が病気などということは考えたくなかったのかも知れない。しかし父は病気であってもけっして狂人ではないのである。（中略）

そんなことが若い時から私の頭に疑問としてくすぶり、それが心の奥にしこりとなって長い間鬱積し続けて来たのである。それにはじめて解明を与えてくれたのが千谷七郎さんの本なのであるが、千谷さんは精神医学専門の人で、それによると、父の周期的に起こる病気はただの神経衰弱などというものではなく、病名は内因性鬱病というのだそうで、今は薬もあるし治療も出来るということである。これを読んだとき、私は救われたような、心の重荷がおりたような気持ちでいっぱいになった。やはり父は、病気であったのだ。

○父は、晩年津田青楓さんにこんな手紙を書いている。

世の中の人間がだんだんいやに見えて来ます。くだらないこと、不愉快なことが五日も六日も押して行きます。ちょうど梅雨がいつまでも晴れないように。自分でも厭な性分だと思います。世の中に好きな人はだんだん少なくなって行きます。そうして天と地と草と木が美しく見えます。この頃の春は甚だ好いのです。私はただそれを頼りに生きています。哀れな父。それにしても、これは何と暗い自然、憂鬱な春だろう。自分の孤独を救ってくれるのはこのような春だと、父は思っていたのだろうか。

昔と違って今の私は、この孤独な父にたいして同情と理解をもつことが出来るようになった。

（夏目純一「父の病気」）

純一が、「昔と違って今の私は、この孤独な父にたいして同情と理解をもつことが出来るようになった。」と述懐する転機となったのは、千谷七郎の本（千谷七郎著『漱石の病跡――病気と作品から』一九六三年、勁草書房）との出会いである。

「これを読んだとき、私は救われたような、心の重荷がおりたような気持ちでいっぱいになった。やはり父は、病気であったのだ。」（前出、「父の病気」）

そうか、父は病気であったのか。それでいつもはやさしい父の突発的とも思える異常な行動も納得できる。

五

千谷七郎の本との出会いについては、純一は、「父の周辺」（岩波書店、「図書」一九七〇年三月）の中でも言及している。

ぼくは前にも記したが、自分を父が撲ったりしたことを、合点しにくかった。人が「君を愛していたからだ」などといっても、素直に受取れない。ところが或るとき、千谷七郎という人の「漱石の病跡」という本を、のぞいてみたことがある。それによると漱石は病気であったというのだ。躁鬱病のことである。父が憂鬱になったり、荒れたりしたのは、そういう病気のためかと思ったら、ひじょうに嬉しかった。たいていの人は、親が精神の病気を持っていたといえば、むしろ悲しく思うのだろうが、ぼくの場合には逆なのだ。つまり、あんなにぼくたちを可愛がってくれた人が、ふとしたときには乱暴をする。それを考えると、もやもやしていたのに、病気だときいてから、気分がさっぱりした。

父が病気だとわかって、「ひじょうに嬉しかった。」「気分がさっぱりした。」というのである。純一は、この「父の周辺」の中で、父に撲られた経験を語っている。

六

ぼくが何歳のころか、ともかく学校へ行きだしたころだ。矢来の交番のところを通って、学校から帰ってくるのだが、そこで演歌師が毎日歌っていた。ぼくはそれを聞いていて、おぼえてしまったのだ。それはそのころ流行の「カチューシャ可愛や」というのであった。或る日帰ると、従兄の夏目小一郎というのが来ていて、その人と遊んでいた。この人は父の兄の長男で、ぼくよりだいぶ年上であった。その肩車に乗って遊んでいるとき、なんだか陽気になって、大きな声でおぼえてきた「カチューシャ可愛や」を歌った。するとガラッと唐紙があいて、父が血相かえて出てきて、物凄い勢で撲り倒された。ぼくは肩車から落ちてしまった。起きあがってみたら、父はもういないのだ。唐紙が元どおりしまっていた。そのときは、なんで撲られたのか、さっぱりわからなかった。あとで考えると、そんな歌は下品だから、歌ってはいけないということだろう。口で言ってくれれば納得がいくわけだが、そうじゃないのだ。こういうようなことは、はっきりおぼえている。

ぼくは暁星へ入れられたので、フランス語を小学校一年のときから教えられた。父は自分が教えてやる、というので、その前へ坐ったが、遊びたい盛りなので、勉強に身が入らない。すると父は癇癪をおこして「バカヤロー」と言い、或るときはぶん撲られた。母が「小さい子供にがみがみ言っても仕方がないでしょう」と言うと、「俺はできないやつは大嫌いだ」と言った。

しかし、一面こんなこともある。或るとき昔の同級生にあった。彼が「子供のころお前の家へ行って、よく遊んだな。お父さんの書斎の廻り廊下を走りまわって、かくれんぼや鬼ごっこをした。或る日かくれんぼで、どこへかくれていいかわからないので、お前のお父さんの部屋へ入っていった。お父さんは本を読んでいたから、その股の中へ入ってかくれていた。そうしたら誰も探しにこないんだ。あんまりこないので、いやになって自分の方から出てしまった。」ぼくはこんな話は、はじめて聞いたが、父はふだんはそのくらいやさしい人だ。ぼくは父とよく相撲を取った記憶がある。

「カチューシャ可愛や」を歌った時、フランス語を教わっている時、純一は、父に撲られた経験を二度語っているのだが、注目すべきは、その後に、昔の同級生の話を書き加えていることである。そして、「父はふだんはそのくらいやさしい人だ。ぼくは父とよく相撲を取った記憶がある。」と結ぶのである。

七

純一の、「やさしい父」を称える言葉は、江下博彦・斉藤静枝両氏との対談（一九八四年三月四日、東京都港区高輪の夏目邸で。江下博彦著『漱石余情・おジュンさま』昭和六十二年五月二十八日発行、西日本新聞社　所収）の中にも繰り返し出てくる。

夏目　頭が変なのか治ったときの親父と言ったら、これはもう世界一いい親父だったと思うね。その時だって糖尿病が治ったわけじゃない。潰瘍が治ったわけじゃない。ちっとも…。そんなのはいつもあるんだよ。時々おかしくなると言うのはこれは全く精神的なものだけなんだ。おかしくなった時は、たまんないんだから。何しろ君子危うきに近寄らずってね。君子じゃないんだけど、ともかく近寄ったらろくなことはない。

（中略）

うちのきょうだいは寄れば、こわかった話ばかりさ。親父のおっかないのが身にしみている。何されるかわかんないんだから……。いつどういう風にぶんなぐられたとかそんな話ばかりなんだ。ところがアイちゃんだけはそんな話全然ないんだ。散歩に行ったら、必ず帰りはおんぶしてくれたとか、どこへつれて行ってもらったとか、可愛がられた記憶だけしかないんだよ、アイちゃんには……。（中略）

ところがね。正常にもどった時は何でも出来るんだよ。書斎が八畳二間になって周りが廊下になっているの。それをみんでかけっこするんだ。何回も何回も。やかましくて仕様がないよね。親父は中で本を読んでいるけど、全然文句を言わない。それはちょっと考えられないことだ。普通の人だったら表で遊んでこいとか怒鳴ってさ。怒らないほうがおかしいよ。そのうち鬼ごっこするでしょう。近所の友だちの話だけど、親父の書斎へいきなりはいっていって、親父の股倉にかくれたんだって。親父すました顔して知らんふりしているから、最後までわかりっこないよね。これがいい時の親父の素顔なんだ。僕今でも世界一いい親父だと思っているよ。まともな時はね。（中略）

親父が死んでからね。よくおふくろと話しては不思議だなぁと思うことは、『猫』はね、親父の最も頭の状態の悪いときに書いたんだよ。あの中にでてくる人物のモデルはいろいろ言われているけれど、正真正銘そのままのモデルは苦沙弥だけなんだ。僕が今読んでも、あれはまさに親父そのもので、内容も事実だったことが多い。気違いじみてスッテキをふり回すとか……おふくろに聞いても、あれみな本当だって言うから、作りごとじゃないんだよね。だからね、おふくろがそこがわかんないって言うんだ。つまりさ。あれだけ自分自身を客観的に分析できるんだったら、ちょっと自制すれば、普通になれたんじゃないかって言うんだ。けどそうじゃないんだ。実際はほんとたまんないよ。悪いときは……。『猫』を書いている時が一番ひどかった。しかも長かったんだ。その期間がね。一カ月なんてもんじゃない。何年も続くんだから、たまったもんじゃない。その被害をモロにうけているのが筆なんだ。僕なんかまだ小っちゃいから……。

八

「僕今でも世界一いい親父だと思っているよ。」

これ以上の親父賛歌はない。被害をモロに受けたという筆子も、「そう、そうだったわね。」と天国で呟いているのではないかと思えてくる。

「親父は世界一だ」という純一の言葉はほおえましい。しかし、「世界一」と持ち上げながら、すぐその後で、またもや「悪いとき」の父に言及するところに純一の本音が見えるような気がする。やはり、純一もつらかったのである。

九

ところで、『猫』の時期、もっと自制してくれれば、と思ったという母鏡子の、漱石に対する本音はどうであったのだろう。それを示唆する鏡子の言葉でこの稿をしめくくることにしたいと思う。

次に引用するのは、前に引いた、半藤末利子氏の『漱石の思い出』(文春文庫)の解説の中で紹介されているエピソードである。

昭和三十八年に亡くなったから、生前の鏡子に当然のことながら私は何度か会って話を聞いている。鏡子ほど歯に衣着せず直截に物を言う人を私は知らない。しかも、年寄りにありがちな繰り言としての愚痴や手柄話の類や、漱石に関しての悪口を、祖母の口から私は一度たりとも聞いたことがない。祖母はお世辞を言ったり、自分を良く見せるために言葉を弄したり蔭で人の悪口を言うこともなかった。あれほど悪妻呼ばわりされても、自己弁護したり折りをみて反論を試みようなどとはしない人であった。堂々と自分の人生を生きた人である。

いつか二人で交わした世間話が、漱石の門下生や、鏡子の弟や二人の息子や甥達に及んだ時、

「いろんな男の人をみてきたけど、あたしゃお父様が一番いいねぇ」

と遠くを見るように目を細めて、ふと漏らしたことがある。

また別の折には、もし船が沈没して漱石が英国から戻ってこなかったら、

「あたしも身投げでもして死んでしまうつもりでいたんだよ」

と言ったこともある。何気ない口調だったが、これらの言葉は思い出すたびに私の胸を打つ。

十

筆子、純一、鏡子――漱石への思いはそれぞれだが、「悪い時の父・夫」「よい時の父・夫」、両方を含めてやはり彼らは父と子、夫と妻である。家族であったのである。

門前に琴弾く家や菊の寺　漱石

（「文集　第二十二号」平成18年5月13日）

○「道草」Ⅱ　あとがき

一

平成十七年十月二十二日（土）、私たちは、「道草」を読了した。前回、「道草」を読了したのが、昭和五十三年十月二十六日（木）であるから、二十八年目に二回目を読み終えたことになる。

前回の「道草」については、後に触れることにして、ここでは、まず、今回の読みの経過を記録しておくことにしよう。

1　平16・8・28（土）
漱石の生い立ち（誕生から二三歳まで）

2　平16・9・25（土）
北岡の都合により休会。

3　平16・10・23（土）
「道草」①　一～十一

4　平16・11・27（土）
「道草」②　十二～十九

5　平16・12・18（土）
第25回「桐の会」忘年会&レコード・コンサート（北岡宅）
6　平17・1・22（土）
「道草」③　二十～二十九
7　平17・2・26
「道草」④　三十～三十七
8　平17・3・26（土）
休会。（北岡、忌引）
9　平17・4・23（土）
「道草」⑤　三十八～四十五
10　平17・5・28（土）
「道草」⑥　四十六～五十五
11　平17・6・25（土）
「道草」⑦　五十六～六十五
12　平17・7・23（土）
「道草」⑧　六十六～七十五
13　平17・8・27（土）
「道草」⑨　七十六～八十三

14　平17・9・24（土）
「道草」⑩　八十四〜九十三
15　平17・10・22（土）
「道草」⑪　九十四〜百二
（最終章）
「道草」全百二章を十一回で読了したわけである。

二

「道草」は、「桐の会」として取り上げた最初の作品であった。当然、その文集も「桐の会」としての第一号である。記念すべきその第一号（昭和五十三年十一月二十九日発行）の目次をここに再現しておきた。

目次

当時の会員数は二十二名であったから（会員名簿による。）、半数以上の人が執筆していたことになる。この執筆者の中で、現在も「桐の会」の会員として活躍しているのは、細木蓉子、佐々木靖子、阿部喜久江、堺頼子の四名である。（どういうわけか、戸塚千都子さんは、この第一号では執筆していない。）

三

この第一号の冒頭におかれた「「道草」をよむ」の中で、私は、次のように述べている。

「「桐の会」の人たちは、終始熱心であった。輪読会の中で出される意見や感想、疑問などには、時々はっとさせられるくらい鋭いものがあった。話題はおのずから健三、お住に集中することが多かったが、健三に対しても、お住に対しても、単純な非難に終わらないで、理解、共感の上に立つ問題点、疑問点の提示がおこなわれていくのは、さすがだという気がした。やはり、「桐の会」の人たちには、生活に根をおろしたところで作品を読んでいく強さがあるように思われる。漱石のきびしい作家魂に触れていく驚きや喜びが、この人たちの表情にあらわれるのを見ることができるのもうれしいことであった。」

四

思えば、あのころの「桐の会」の会員たちは、若く、情熱的であった。その情熱が、「桐の会」を今日まで、ほぼ三十年も存続させたエネルギーの源泉となっているのである。

五

「道草」の途中で、内田千秋さんが退会した。そのさびしさをカバーするように、松本春野さん、栗原茂美さんの二人が、フレッシュな空気とともに私たちの仲間になってくれた。お二人には、早速、文集の原稿も寄せていただいた。おかげさまで、十一名全員の名前を文集に載せることができた。うれしいことである。

六

「桐の会」の文集も、この「『道草』Ⅱ」で二十二号となる。第一号からよくぞここまで来たという多少の感慨がないでもないが、それよりも大事なのはこれからのことである。

文集作りは、会員の皆さんにかなりのプレッシャーを与える仕事であり、ちょっと申し訳ないような気もするのだが、やはり、ここでやめるというわけにはいかないような気がする。お互いに年を重ねて一年ごとに忘れっぽくなっていくのは目に見えている。何かを書き残しておかないと、読んだことさえ忘れてしまうということにもなりかねない。

先日の、文集に関するアンケートで多くの人が賛意を表明したように、少なくとも、次の大仕事である「明暗」を仕上げるまでは、お互いに頑張っていくことにしましょう。

七

最後になりましたが、今回も美しい表紙を作成していただいた佐々木康夫様、ありがとうございました。私たちのささやかな文集が、この表紙によって、力を増し、輝きを増してくるように思います。心から御礼申し上げます。ありがとうございました。

◇　◇　◇　◇　◇

無人島の天子とならば涼しかろ

能もなき教師とならんあら涼し

楽寝昼寝われは物草太郎なり　　漱石

（半藤一利著『漱石俳句探偵帖』より）

（「文集　第二十二号」平成18年5月13日）

3　「思ひ出す事など」「硝子戸の中」を読む

一

「桐の会」のテキストとして、「道草」のあとで「思ひ出す事など」と「硝子戸の中」をとりあげたのは、次の大作「明暗」に入るまでの、いわば、間奏曲としてであった。この二編は、小品とはいいながら、漱石文学の中でも、他の小説群とはまた一味ちがった漱石らしさにあふれている好編であり、「明暗」にとりくむ前に、ぜひとも読んでおきたいと思ったのである。

二

「思ひ出す事など」は、十年ばかり前、鳥取大学在任中に近代文学演習でとりあげたことがある。今回の共同研究の読み手は、学生ではなく、「桐の会」の人たちであったわけであるが、作品の実感的把握という点で、学生とくらべて、やはり一段と深い読みがおこなわれていくのは頼もしいことであった。このことは「道草」のばあいにも感じたことであったが、「思ひ出す事など」のように、人間の生と死　いう厳粛な命題が、一切の虚飾を排した率直な表現で、淡々と、しかも深く語られていく作品では、生きてきた時間の重さが、読みの深さに直接ひびいてくるという感じであった。「桐の会」の人たちといっしょに読みながら、私は、文学を読む場の重要さを改めて考えさせられたことであった。

三

「思ひ出す事など」を十年ぶりに読み返してみて、改めて感じたのは、漱石の頭脳のけたはずれな強靭さであった。九月二十三日には、半分読み残していたジェームズの「多元的宇宙論」を「三日許《ばかり》で面白く読み了っ」ており、東京の病院に移されてまだ幾日もたたないうちに、ウォードの「力学的社会学《ダイナミックソシオロジー》」という、上下二巻、計一、五〇〇ページの大冊を読破しているのである。しかも、読みながらの、また読み終わってからの批評のことばには、病人らしいひ弱さは微塵もみられない。偉大な仕事をする人の、頭脳の構造のしたたかさには、ただ恐れ入るばかりである。

四

漱石が、この「思ひ出す事など」の中で、自分の病状に対する驚くほど冷静な、精細な観察者でありえたのも、この頭脳の強靭さと無関係ではないであろう。「思ひ出す事など」は、死の病いを経験した人の病状記録としても貴重なものといえる。

そして、「思ひ出す事など」のよさは、この明晰な頭脳が人間らしいやさしさ（他人の善意、好意に素直に感謝しうる心のやさしさ）と微妙にとけ合って、美しいハーモニーを奏でているところにあるのである。
「四十を越した男、自然に淘汰せられんとした男、左したる過去を持たぬ男に、忙しい世が、是程の手間と時間と親切を掛けてくれようとは夢にも情設けなかつた。余は、病に生き還ると共に、心に生き還った。余は病に謝した。又余のために是程の手間と時間と親切とを惜しまざる人々に謝した。さうして願はくは善良な人間になりたいと考へた。さうして此幸福な考へをわれに打壊す者を永久の敵とすべく心に誓った。」（十九）
この十九章は、「硝子戸の中」の三十三章とともに、この小品の中で私の一番好きな章である。

五

二つの小品を読んできた経過は、次のとおりである。

54・1／18（木）「思ひ出す事など」一～七
〃　2／9（木）　〃　八～十四
〃　3／8（木）　〃　十五～二十一
〃　4／9（木）　〃　二十二～三十二
〃　5／17（木）「硝子戸の中」一～二十一
〃　6／14（木）　〃　二十二～三十九

この文集も、これで第二集になる。書くことによって読むことを深めていく仕事を今後ともたいせつにしていきたいものである。

（「文集　第二号」昭和54年8月2日）

4　「思ひ出す事など」の再読

一　「思ひ出す事など」の再読にあたって

「桐の会」が、「思ひ出す事など」を最初に読んだのは、昭和五十四年一月十八日（木）から四月九日（木）にかけての四回であった。その時、私は、「思ひ出す事など」の中の漢詩十六編を素通りして読んでしまった。わずか4回では、これらの漢詩の深さや重さを受け止めていく自信がなかったからである。私は、少し後味のわるい思いを残して「思ひ出す事など」を読み終えた。

平成十三年七月、再び「思ひ出す事など」を読むことになった時、今度は逃げないぞ、と私は心に決めた。この機会に、「思ひ出す事など」の漢詩をしっかり勉強し、「桐の会」の会員たちにも、漱石の漢詩に関心を持ってもらうようにしようと考えたのである。

その気持ちがあって、「桐の会」の例会のために用意する「思ひ出す事など」の、漢詩を中心とする資料は、かなりの分量となった。以下にあげるのは、「桐の会」の例会で配布した資料のリストである。

二　「桐の会」の例会で配布した資料

◇以下にあげる資料のリストは、会員の佐々木靖子さん、串田ハルミさんのお二人からお借りした資料をもとにして作成したものである。私自身は、現在いわゆる車椅子の生活で、二階の書斎へ上がって資料などをチェックできる状態ではないという事情もあってお二人にご協力をお願いしたものである。

Ⅰ　「思ひ出す事など」の漢詩に関するもの

1　「思ひ出す事など」の漢詩訳注　　一海知義　A4　十五ページ

※　『漱石全集第十八巻漢詩文』（一九九五年岩波書店）所収の、「思ひ出す事など」のすべての漢詩（【作品番号　78】から【作品番号　93】まで）について、制作年代順に詳細な訳注を施したもの。

2　「思ひ出す事など」の漢詩（A4、四ページ）

※　上記の資料の、訳注を省略して、詩と読み下し文だけを残し、「思ひ出す事など」に掲載せられている順番に並べ替えたもの。漢詩の末尾に、章の名を記しておいた。

3　無題（B5、二ページ）

※　（和田利男著『漱石漢詩研究』昭和十二年、人文書院）から、「思ひ出す事など」所載、【作品番号　82】「無題」について、［訓読］と［語釈］を資料化したもの。

4　「思ひ出す事など」の中の漢詩（A4、六ページ）
※　和田利男著『漱石の詩と俳句』（昭和四十九年、めるくまーる社）から、「思ひ出す事など」の中の漢詩九首について、「大意」「所感」を述べた部分を資料化したもの。
5　「思ひ出す事など」の中の漢詩（A4、二ページ）
※　佐古純一郎著『漱石詩集全釈』（昭和五十八年、二松学舎出版部）から、「思ひ出す事など」の九首の通釈文を資料化したもの。
6　【作品番号　91】「無題」（縹渺玄黄外）の詩と北岡の通釈文（A4、一ページ）

Ⅱ　作品としての「思ひ出す事など」に関するもの

1　一　原稿について
　　二　初出本について
　　三　単行本について（A4、一ページ）
※　『漱石全集第十二巻』（一九九四年、岩波書店）から
2　注解「思ひ出す事など」桶谷秀昭（A4、七ページ）
※　『漱石全集第十二巻』の〈注解〉全文をコピーし、資料化したもの。
3　〈宇宙・太陽・地球〉（A4、二ページ）
※　物理科学のコンセプト8　地球の歴史環境
　　物理科学のコンセプト9　星と宇宙（一九九七年、共立出版）

「思ひ出す事など」七に関わる資料として用意したもの。

4　『漱石とあたたかな科学』（小山慶太著）から（Ａ４、五ページ）

※　小山慶太著『漱石とあたたかな科学・文豪のサイエンス・アイ』（一九九五年、文芸春秋）から資料化したもの。

5　オイケンの『人生の意義と価値』への書き込み（Ａ４、一ページ）

※　『漱石全集第二十七巻』（一九九七年、岩波書店）からの資料化。

6　漱石とドストエフスキー（Ａ４、一ページ）

※　森田草平著『夏目漱石』（昭和十七年、甲鳥書林）から資料化。

7　ドストエフスキー・ヒョードル・ミハイロヴィチ（Ａ４、一ページ）

※　平岡敏夫ほか編『夏目漱石事典』（平成十二年、勉誠出版）から資料化。

8　「思ひ出す事など」の俳句（Ａ４、一ページ）

※　「思ひ出す事など」の中の俳句、全十九句を北岡が一枚にまとめたもの。

9　落第（Ａ４、三ページ）

※　『漱石全集第二十五巻』から資料化したもの。「元来僕は漢学が好きで、随分興味を有って漢籍は沢山読んだものである。」の一文を知ってもらうための資料であった。

10　絵と詩（Ａ４、一ページ）

※　三好行雄編『夏目漱石事典』（一九九二年、学燈社）から、漱石の絵と詩について記述してある部分を資料化したもの。

12　子どもたちへの手紙（Ａ４、一ページ）
※　修善寺菊屋本店から子どもたちへあてた手紙。『漱石全集第二十三巻書簡中』から。
13　鏡子の病床日記（Ａ４、三ページ）
※　夏目鏡子述・松岡譲筆録『漱石の思ひ出』（一九二九年、岩波書店）から。
14　修善寺の詩碑（Ａ４、四ページ）
※　松岡譲著『漱石先生』（昭和九年、岩波書店）から、修善寺公園の「漱石の詩碑」に関する部分を資料化したもの。
15　「思ひ出す事など」各章の概要（Ｂ５、二三ページ）
※　各章に小見出しをつけ、章の内容を箇条書きふうに整理して、内容の理解に役立てようと用意したもの。「桐の会」の例会で、最初に配る資料である。
※　平成十三年九月二十二日（土）には、

十三　大吐血
十四　大吐血の後
十五　大吐血の後、三十分ばかり死んでいたと聞き、茫然自失する漱石
十六　奇跡的に一命をとりとめた漱石

のように、十三章から十六章の四つの章を読んでいる。

Ⅲ　漱石の書と解説

1　漢詩…仰臥人如唖
2　漢詩…日似三春永
3　漢詩…縹渺玄黄外
4　俳句…秋の江にうち込む杭の響哉
5　俳句…あるほどの菊なげ入れよ棺の中

（B4、五ページ）

※　漢詩「仰臥人如唖」は、修善寺公園の漱石の詩碑（一丈二尺の巨石）に四倍に拡大されて刻み込まれている。
※　『夏目漱石遺墨集第一巻業蹟編』（昭和五十四年、求龍堂）　解説　石崎　等

このように整理してみると、意外にも、漢詩関係の資料が少ないように思われる。「かなりの分量」になっているはずだったのに、実際はそれほどでもなかったんだ、と思えてくる。資料1が、A4で一五ページと、かなりの分量になったことが私の印象に強く残っていたのであろう。一海知義氏の漱石の漢詩に対する打ち込みようが、半端ではなく、私は一海氏の熱にあおられるような気持ちで資料化したような気がする。資料2の作成も楽しくやれた。和田利男氏、佐古純一郎氏などの資料も参考になった。

作品としての「思ひ出す事など」に関する資料がこんなにあるとは思わなかった。一つ一つの資料を見ると、それらを作った記憶がよみがえってくるのだが、小さな資料を数種類用意するのはいつものことなので、あまり

印象に残っていなかったのであろう。

ともかく、私たちは、これらの資料を使いながら「思ひ出す事など」を読んできたのである。

三　【作品番号　91】「無題」縹渺玄黄外を読む

「思ひ出す事など」十五章の末尾に置かれているこの詩は、漱石にとって格別に愛着の深い詩であった。推敲にに推敲を重ね、「思ひ出す事など」の十五章に置かれることで決定稿となったこの詩について、漱石は、「実際の詩である。詩のための詩ではない。だから存して置く。」（漱石日記、明治43・10・17）と述べている。修善寺大患の異常な経験と病中の心中を総括する詩であり、「この時期一番の大作」（中村叙雲）と評される詩でもある。

平成十三年九月二十二日（土）。「桐の会」は、この日、「思ひ出す事など」の十四〜十六の四つの章を読むことを予定していた。【作品番号　91】「無題」縹渺玄黄外死生交謝礼時……の詩は、十五の末尾に置かれている。

この大作を「桐の会」でどう読むか。これは、私にとって大きな課題であった。

まず、読む時間を三十分程度と想定した。この詩を大学で扱うとすれば、二時間たっぷりかけてもまだ足りないくらいであろう。しかし、二時間という限られた時間の「桐の会」の例会ではそうはいかない。三十分が精一杯のところである。その三十分間で、この詩をどう読むか、この詩の心を会員たちの心にどこまで届けられるか。私は一つの工夫として、この詩の通釈文を作成することを思いついた。通釈文が、場合によっては、詩の理解の助けになる可能性があることを、私は和田利男氏の著書の中で見ていたからであった。通釈文の作成は、訳注を本気で読む、ということだけでも私には大きな収穫であった。通釈文を作成しながら、この作業は詩の理解を深めるのに有用だということがあらためてわかってきた。この通釈文で何とかこの詩の理解を助けることができそうな予感がした。

次にあげるのが、【作品番号　91】「無題」とそれに対する北岡の通釈文である。

読み下し文は、一海知義。『漱石全集第十八巻漢詩文』（一九九五年、岩波書店）所載のものである。

91〔無題〕明治四十三年十月十六日〔無題〕

縹渺玄黄外　　縹渺《ひょうびょう》たる玄黄《げんこう》の外《そと》
死生交謝時　　死生　交《こも》ごも謝《しゃ》する時
寄託冥然去　　寄託《きたく》　冥然《めいぜん》として去り
我心何所之　　我《わ》が心　何《なん》の之《ゆ》く所《ところ》ぞ
帰来覓命根　　帰来　命根《みょうこん》を覓《もと》むるも
杳窅竟難知　　杳窅《ようよう》として　竟《つい》に知り難し
弧愁空遶夢　　弧愁《こしゅう》　空《むな》しく夢を遶《めぐ》り
宛動蕭瑟悲　　宛《えん》として蕭瑟《しょうしつ》の悲しみを動かす
江山秋已老　　江山　秋已《すで》に老い
粥薬髩将衰　　粥薬《しゅくやく》　髩将《びんまさ》に衰《おとろ》えんとす
廓寥天尚在　　廓寥《かくりょう》として天尚《な》お在り

高樹独余枝　高樹　独《ひと》り枝を余《あま》す
晩懐如此澹　晩懐《ばんかい》　此《か》くの如く澹《たん》に
風露入詩遅　風露《ふうろ》　詩に入ること遅《おそ》し（十五）

縹渺玄黄外　（北岡　通釈）

はるかに広がる天地の外
生が死となり、死が生となる時
命のよりどころとなるものが闇の中に消えてゆく。
私の心はどこへ行こうとするのか。
闇の中から現実世界にもどって来て、命の根を探し求めても
深く、遠く、ぼんやりとして見きわめることができない。
私の孤独な愁いも、空しく夢をめぐるばかりであり
凋落の秋の悲しみを揺り動かすかの如くである。
川も山もすでに秋深く
粥薬に明け暮れて、わが身はまさに衰えんとしているが
消え去ったはずの広い空は、依然として私の上に存在している。
高く聳える樹はすべての葉を落とし、枝だけを残している。

晩年の私の心はこのように安らかで
秋の風や露の風情が、私の詩心にゆっくりと入ってきた。

例会でのこの詩の読み方は、次のようなものであった。

1　読み下し文を読む。
2　北岡の通釈文を読む。
3　また詩にもどって、読み下し文を読む。
4　訓点を施したつもりになって詩を読む。
5　黙読ではなく、声に出して読む。

これが、「桐の会」で、実際に読んだやり方であった。この中で、私の作成した通釈文は、予想していた以上に有効であったような気がする。

三十分はあっという間に過ぎた。その時間の中で、この詩の心がどこまで会員の一人一人の心に届いたか、それはわからない。が、この三十分間は、無駄ではなかったような気がしている。

平成十三年九月二十二日（土）。「桐の会」が

縹渺玄黄外
死生交謝時
……

を読んだ時の状況は、以上のようなものであった。

（「思ひ出す事など」の再読資料　平成13年9月22日）

5　「明暗」を読む

一

「桐の会」の文集も、これで第三号になる。

第一号は、「道草」を読んだ後の、昭和五十三年十一月二十九日発行（四十九ページ）、第二号は、「思ひ出す事など」「硝子戸の中」の後の、五十四年八月三日発行（三十五ページ）である。今回は、「明暗」読了後の第三号というわけである。

「桐の会」の発足は、昭和五十二年十二月八日（木）であった。以来、毎月一回、第三木曜日（時に、第三以外の木曜日になることはあったが）を例会の日と決め、一貫して漱石を読んできた。

「道草」―五十三年一月十九日～十一月十六日（全十一回）
「思ひ出す事など」―五十四年一月十八日～四月九日（全四回）
「硝子戸の中」―五十四年五月十七日～六月十四日（全二回）
「明暗」―五十四年九月二十日～五十六年四月十六日（全二十回）
（「道草」の後の十二月、「硝子戸の中」の後の七月、八月は、それぞれ、文集計画や文集合評会にあてており、例会としての中断はない。）

会員は、現在十二名。会員の数は時によって多少の増減があったが、都合によって途中で会を退いた人たちも、皆熱心な方々であった。現在十二名の会員も、常時全員がそろうことは難しい状態であるがいろいろと都合のある中で、ともかく、漱石とのつながりを持ち続けようとしておられる姿はりっぱだと思う。

「桐の会」の会員たちは、皆、一家を支える主婦である。一家の出来事は、大小にかかわらず、直ちにその肩へかかってくる。「明暗」を読んでいる一年半の間にも、娘を嫁がせた人、息子に嫁をもらった人、親を亡くした人、家族の長患いの看病にあたっている人など、会員の中には、実にさまざまの喜びや悲しみがあった。中には、大手さんのように、ご自身が交通事故にあわれた方もある。そのような中での、「桐の会」の例会なのである。

「道草」は、この会の道を開いてくれた。「思ひ出す事など」と「硝子戸の中」は、この会と漱石とをいっそう親密なものとしてくれた。「明暗」は、漱石というだけでなく、男というもの、女というもの、人間というものについて考える視点を与えてくれた。それぞれに心に響く作品であった。

二

私たちは、「明暗」を一年半にわたって読んできた。その経過は、次の通りである。

回	年　月　日	範　囲（章）
一	五十四年九月二十日	一〜四

二	〃　十月十八日	五〜八
三	〃　十一月十五日	九〜一九
四	〃　十二月十三日	二〇〜三二
五	五十五年一月十日	三三〜三七
六	〃　二月十四日	三八〜四四
七	〃　三月二十七日	四五〜五五
八	〃　四月十七日	漱石の書簡
九	〃　五月十五日	五六〜六九
一〇	〃　六月十二日	七〇〜八〇
一一	〃　七月十七日	八一〜八九
一二	〃　八月二十八日	九〇〜一〇二
一三	〃　九月二十五日	一〇三〜一一三
一四	〃　十月十六日	一一四〜一三〇
一五	〃　十一月二十日	一三一〜一四二
一六	〃　十二月十八日	一四三〜一五二
一七	五十六年一月二十二日	一五三〜一六七
一八	〃　二月十二日	一六八〜一七七
一九	〃　三月十九日	一七八〜一八八
二〇	〃　四月十六日	総まとめ

漱石の書簡、「明暗」の総まとめを含めて、全百八十八章（未完）を、二十回で読み終えたわけである。

第八回めに漱石の書簡を取りあげたのは、漱石の書簡、特に晩年の書簡は、漢詩とともに、深い内容を持っており、「明暗」執筆に言及したもの、自分の健康について述べたもの、良寛について述べたものなど、魅力あふれるものが多いことを会員の人たちに知ってもらいたかったからである。この例会は、私自身にとってもなかなか興味ぶかいものであった。

「明暗」の途中で、「漱石詩注」（吉川幸次郎著岩波新書）をテキストとして、「明暗」執筆当時の漢詩を数回取りあげたが、これは、けっきょく、三十首ばかりで中断してしまった。「明暗」を読む前に、いわば、オードブルのようにして読むには、これらの漢詩群は、少し荷が重すぎたのである。

三

このように、時に書簡や漢詩をはさみながらの一年半であったが、この中での、会員の人たちの読みの深さ、鋭さには驚かされることもしばしばであった。

一家の主婦として、生活を内から支えていく立場にある会員たちの、生活に根をおろした漱石へのアプローチの仕方には、「道草」以来、感心してきたものであるが、「明暗」では、それにいっそう磨きがかかって、人間観察、人間凝視の目が鋭くなってきたように思う。

津田や、お延や、吉川夫人や、小林、藤井・岡本の叔父・叔母などについて、鋭く、そして実に生き生きと読み、発言していく様は、時に、壮観という感さえあった。

そういう意見や感想の一部は、この第三号の文集にも載せられているが、「明暗」の例会全体を通じて一番目だったのは、やはり、津田に対する厳しい批判であった。初めのころは、津田よりも、むしろお延批判の方が（同性としての反発も含めて）多かったのであるが、読み進めていくうちに、お延の一途さにはかえって同情的な感想も生まれてくるようになった。しかし、津田に対しては、回を追うごとに、批判の目が厳しくなっていったのである。津田という、まさに救いがたいほどのエゴイストの造形は、漱石にとっても、おそらく、自己とのすさまじい戦いの結果であったと思われるが、その人物への批判を通して、漱石の希求していた人間像を思い描くという行為を、会員たちは、それぞれの個性の中でおこなってきたのである。

吉川夫人よりも、藤井の叔母やお秀に共感を示し、一見無頼漢風のアナーキスト小林にも、それなりの理解を示す会員たちは、岡本の叔父、吉川、真事、百合子、継子などの脇役たちにも、周到に目を配ってきた。さんざん、読者に期待を持たせたあげく、百七十六章になって初めてその姿を見せた清子に対しては、存在感が薄い、など、意外なほどクールな見方が多かったが、これは、「未完」ゆえの書きこみ不足ということを頭においても、漱石にとっては少し頭の痛い発言ということになるかも知れない。

ともかく、この「明暗」については、いろいろな読みがあり、いろいろな発言があったのであるが、省りみて、意義のある一年半であった。

四

三年半といえば、短くもあり、長くもある。

「桐の会」創設について相談を受けた時、ながく続けられるなら、お引き受けしましょう、と言ったのだが、今日まで、たゆまず歩んでこられた会員の皆さんに、あらためて敬意を表したいと思う。

世に、三号雑誌という言い方がある。三号までは出したが、後が続かない、という意味もあり、ともかく三号まで出せば、後は何とかなるものだ、という意味もある。私たち「桐の会」の文章は、後者の第三号でありたい。

次の作品、「吾が輩は猫である」読了後の第四文集が、今から楽しみである。

（「文集　第三号」昭和58年6月18日）

6　「明暗」を読むⅡ

―これからの予定（「桐の会」最後のレジメ）―

「明暗」を読むⅡ　これからの予定

一．吉川夫人が津田の病室を訪ねる。（百三十一～百四十二）

〈目的〉津田を清子に会わせるため

・吉川夫人の特性

・吉川夫人とお延

・お延と結婚する前の津田―清子

・津田の前から突然姿を消し、関と結婚をした清子

・吉川夫人の失敗

・津田とお延

・吉川夫人と津田―特別な関係（Ｐ四〇二）

・「貴方はその後清子さんにお会いになって」（Ｐ四〇五）

・「一体延子さんは清子さんの事を知ってるの」（Ｐ四〇六）

・「私がお延さんをもっと奥さんらしい奥さんにきっと育て上げてみせるから」（Ｐ四一一）

○百三十七　全文を読む
百三十八　全文を読む
百三十九　後半（P四一二〜）を読む
百四十　後半（P四一六）を読む
百四十一　後半（P四一九〜）を読む
百四十二　中ほどの約一ページ半（時間があれば全文）

「明暗」のこれからの勉強

一．吉川夫人が津田の病室を訪れる。（百三十一〜百四十二）
（九月二十六日（土））・津田を清子さんに会わせるため
・吉川夫人の特性
・吉川夫人とお延
・お延と結婚する前の津田―清子
・吉川夫人の失敗
・津田とお延
・私がお延さんをもっと奥さんらしい奥さんに育て上げてみせるから
二．お延が病室へやってくる（百四十三〜百五十二）
（十月二十四日（土））予定

1. お延と津田の口論と妥協
2. 津田退院（百五十三）
3. 津田の湯治―お延は留守番することに（百五十四）

三．小林の送別会（百五十五〜百五十七）
（十一月二十八日（土））予定
・感じのいい食事会
・故意に四十分以上遅刻する津田
・小林の妄想・津田の対応
・小林がポケットから出した一通の手紙―津田の反応
・原という若い画家

四．津田、清子に会うために、湯治場に向かう（百六十七〜百八十八）
（十二月十九日（土））予定
・軽便鉄道
・温泉宿での清子との出会い

（平成21年9月26日　稿）

7 「我が輩は猫である」を読む

―「猫」の中のスピーチ―

「吾が輩は猫である」を読了した。「猫」は、桐の会としては、「道草」「思ひ出す事など」「硝子戸の中」「明暗」につづいて、第五番めにとりあげた作品である。

「猫」を読んできた経過は、次のとおりである。

一章　昭和五十六年五月十四日（木）
二章　〃　七月十六日（木）
三章　〃　八月六日（木）
四章　〃　九月十日（木）
五章　〃　十月十五日（木）
六章　〃　十一月十九日（木）
七章　〃　十二月十七日（木）
八章　昭和五十七年一月二十一日（木）
九章　〃　三月十八日（木）
十章　〃　四月十五日（木）

十一章　〃　五月二十日（木）

一章分を一回と決め、全十一回をもって読了したわけである。一回に一章ずつ、というのは、ある程度テンポを早め、マンネリ化を防ぐとともに、早く次の作品へとりかかれるようにしたいと考えたからであった。しかし、このやや早めのテンポのためにほぼ同じ分量の「明暗」に二十回かけた時に比べると、やはり、時として、読み深めが足りないような感じになることもあった。これは、主として、私の読みの視点が甘かったことによる。私の反省点の一つである。

しかし、全体としては、この、ある意味では難解ともいえる「猫」に対して、会員の皆さんは、よくぶつかっていった。この作品のおもしろさ、おかしさとともに、おもしろさやおかしさ以上のもの、または、その背後にあるものをも鋭く読みとろうとする姿勢が印象的であった。この文集第四号にはそういう姿勢から生まれた会員の文章が載せられている。

「桐の会」は、これで、また一つ、漱石山脈の大きな峰を越えた。あるいは、その峰のけわしい道を自分の足でしっかりと歩き通した。うれしい歩みである。

「猫」の中のスピーチ

「猫」の登場人物は、みな、スピーチ好きである。苦沙弥先生、迷亭、寒月、独仙などが、読者の前に次々とその名スピーカーぶりを披露する。それらを章を追ってぬき出してみると、次のようになる。

章	スピーチの話題	分類	話し手	聞き手	分量（計）
二	首掛け松の首くくりの話	A	迷亭	主人・寒月	四九行
二	吾妻橋から飛びこんだ話	A	寒月	主人・迷亭	四〇行
二	摂津大掾をさきに行こうとした時の話	A	主人	迷亭	八五行
三	首くくりの力学	A	寒月	主人・迷亭	五九行
三	鼻について	A	迷亭	主人・寒月	六七行
六	迷亭の失恋	A	迷亭	主人・寒月・細君	六〇行
	人売りの話	B	迷亭	主人・寒月・細君	二八行
	アグノディチェの逸話	B	迷亭	主人・寒月・細君	六〇行
八	消極的の修養	C	哲学者（独仙）	主人	三七行
十	ばか竹になれ	C	独仙―雪江―	淑徳婦人会―細君―	七一行
十一	バイオリンの話	A	寒月	主人・迷亭・独仙・寒月・東風	二四三行
十二	現代文明の弊	C	主人・迷亭・独仙	主人・迷亭・独仙・寒月・東風	二八七行
	1 現代人の自我伸長の行きづまり		主人		
	2 自我の進行にともなう苦しみ		独仙		

3	現代文明の弊―死・自殺―	主人	
4	義務としての他殺	迷亭	
5	コルドバの水浴の話	独仙	
6	ある詐欺師の小説の話	迷亭	
7	権力に対する現代人の態度	独仙	
8	夫婦別居説	迷亭	
9	芸術滅亡説	迷亭	
10	現代人の不幸	独仙	
11	タマス・ナッシの女性論	主人	

なかなかの壮観である。

まず、みごとというべきは、この話題の豊富さである。日常の卑近なふざけ話から、辛らつな現代文明批評まで、多様な話題が、話し手を変えつつ次々と展開されていく。ストーリーの展開と切り離してこのスピーチの部分だけを読んでみてもけっこうおもしろいのである。

ところで、これらのスピーチは、その内容や話しぶりなどから、だいたい、次の三つに分類することができよう。

Ａ　意表をつく話題や、話題の展開で「笑い」を生みだしているもの。

Ｂ　「笑い」のベールをまといつつ、底には鋭い文明批判の意識を秘めているもの。

C　辛らつな現代文明批評が、かなり率直に述べられているもの。

もちろん、この分類基準は、だいたいの目安であり、必ずしも絶対的なものとはいえないのであるが、それでも、「猫」の進行とともに、話題の性格がどのように変わっていっているのか、かなり明確にとらえることができよう。

これら十二のスピーチは、それぞれにユニークなおもしろみを持っているが、やはり、圧巻は、十一章の二つのスピーチである。ここで示した行数は、聞き手の同意や反論、質問や催促を受けながら進めていった話の総計であるが、ともに、二〇〇行をかなり上まわる長大なものである。「バイオリンの話」がAであり、「現代文明の弊」はCであることも注目してよい。漱石は、「猫」の終章であるこの章で、スピーチの総決算を試みたように思われる。

「バイオリンの話」は、寒月が、バイオリンを買い、隠し、ひこうとした、というだけの話であるがこの、ほとんど無内容な話を、延々二四三行もつづけるという息の長さになかばあきれ、話題継続に対する作者の自信あふれる筆力（話術）に嘆声をあげたくなる。そして、それだけひきのばしながら、けっきょく、バイオリンはひかずじまい、という、人をくった結末のつけ方に、「猫」の「笑い」の典型を見る思いがする。

「現代文明の弊」は、「バイオリンの話」とはちがった意味で、「猫」の主題の一端を鋭く示すものである。

「現代文明の弊」は、主人（苦沙弥）、迷亭、独仙の三人によるシンポジュムの趣きがあるスピーチである。

「現代文明の弊」という題目は、この三人のスピーチ全体にかかわるものとして、私が仮りにつけたものであるが、入れかわり、たちかわり、ある時は舌峰鋭く、ある時は皮肉たっぷりに、またある時は明るくユーモラスに語り継いでいくこの三者のスピーチは、その真剣さ、内容の高さ、風刺のきびしさに、これが「猫」であることを一瞬忘れさせてしまうところがある。しかし、考えてみれば、これはやはり「猫」である。あるいは、これこそが「猫」である、というべきであろう。

「首掛け松の首くくりの話」という、たあいのないふざけ話から始まった「猫」のスピーチは、現代文明の弊を説き、現代の人間の盲点を見事につく深刻な、真剣なスピーチで終わる。しかも、その深刻さ、真剣さの中に、その底流として、常に、笑いとユーモアの情調が失われていないのである。

「猫」における「笑い」は、単純に見えて、その実単純でないのだが、その「笑い」の本質は、十一章の二つのスピーチに見事に形象化されているといってよいであろう。

（「文集　第四号」昭和57年8月9日）

8　「草枕」「文鳥」などを読む

一

桐の会の文集も、ようやく第五号までできた。第四号「吾輩は猫である」（昭和五十七年八月九日）以来、ちょうど一年ぶりである。

私たちは、これまで、こつこつと読んできて、一くぎりごとに文集を作ってきた。

第一号　さまざまな道草（五十三年十一月二十九日）

第二号　思い出す事など・硝子戸の中（五十四年八月二日）

第三号　明暗（五十六年六月十八日）

というふうに、文集の足どりを振り返ってみると、一つ一つの号に感慨がある。第二号から、佐々木さんのご主人に題字を書いていただくようになってから、文章に箔がついたような気がするのもうれしいことであった。

この第五号では、会員全員の原稿が集まった。六月の例会から新会員になられた瀬間さんを除き、この七月から伊豆へ引越しのため会を去られる平田さんを含めて、十二名全員が勢ぞろいしたのである。

二

一般に、書くことは楽ではない。月々の例会はけっこう楽しいのに、文集の話になると、とたんに身を硬くしてしまう人もいる。上手に書こうとしないでください。自分のことばで、書けることだけを書いていけばいいのです。ともかく、肩の力を抜いて、気楽に書いてください――。私は、この度に同じことを繰り返して言うのであるが、実際、書く身になってみればそうもいかないようである。毎号、書くことがどれほど心の重荷になっているかを述べている人があるのでもそれはよくわかる。第四号の秋本さん、今回の堺さんの文章などを読むと、何だかすまないような気がしてくる。

しかし、やはり、文集を作ることはこれからも続けてほしいと思う。なんといっても、文集は、桐の会の歩みの節目節目をひきしめてくれる貴重な財産であるからである。

今回の文集も、心のこもった文章が集まった。エッセイふうのものもあり、生活文ふうのものもあり論文ふうのものもあり、いろいろのスタイルの文章が、気持ちよく並んでいる。みな、それぞれに、手作りの味のよさを持つ文章ばかりである。

三

今回は、テキストを次のような順序で読んできた。

「文学論」序　五七・六・二四
「私の個人主義」　五七・七・一五
「文　鳥」　五七・九・二
「永日小品」　〃
「草　枕」一・二章　五七・一〇・一四
〃　三・四・五章　五七・一一・一八
〃　五章までのおさらい　五八・一・二〇
〃　六章　〃
〃　七・八・九章　五八・二・一七
〃　十・十一章　五八・三・一〇
〃　十二・十三章　五八・四・二一

今、考えてみると、「文鳥」「永日小品」を一回で切りあげてしまったのは、いかにも惜しいことであった。「草枕」も、はじめは四回の予定であったのを、会員の希望で途中からテンポをゆるめて六回にしたものである。いずれも、早く三部作に入りたいという気持ちが先立ったためであるが、これは、私の反省材料である。

四

桐の会は、現在、会員十二名。人数からいえば小さな会であるが、それがかえって幸いして、会の雰囲気はとてもいい。平田さんが去ってさびしくなったところへ、入れかわりのように瀬間さんが入ってきてくださった。早く会の雰囲気になれていただきたいと思う。

五月例会から読みはじめた「三四郎」は、七月例会で三章まで進んだ。「三四郎」は、腰をすえて、楽しく読んでいきたいと思う。

会員のみなさん、体をだいじにしながら、気持ちよくがんばっていきましょう。

（「文集　第五号」昭和58年8月1日）

9　「三四郎」を読む

一

「桐の会」の文集第六号ができた。前回の第五号（昭和五十八年七月）以来、一年三か月ぶりである。今回の第六号は、「三四郎」を読み終えての意見や感想を中心にしたものである。つごうで寄稿できなかった小沼明子さん、小林京子さんのお二人以外の、十名の会員の、合計一三〇枚に及ぶ文章が収められている。一番短い人でも七枚、一〇枚以上の人が六名、斉藤さんのは、追悼文の二枚を含めて二八枚になる。むろん、文章においては、量が第一義的に重要なのではないが、みなそれぞれに多忙な日々の中で、これだけのものを書く意欲と熱意に、まず敬意を表したいと思う。この第六号は、会員の皆さんが、それぞれの個性を反映させつつ、量的にもがんばったことの成果である。

二

私たちが「三四郎」を読んできた経過は次のとおりである。

第一回　58・5・19（木）
・漱石の年譜を読みかえす。
・「三四郎」の各章の冒頭および末尾の段落を読む。
・「三四郎」の第一章を読む。
第2回　58・6・23（木）二章
第3回　58・7・21（木）三章
第4回　58・10・27（木）四章
第5回　58・11・10（木）五章
第6回　59・1・12（木）六章
第7回　59・3・22（木）七・八章
第8回　59・4・5（木）九章
第9回　59・5・10（木）十章
第10回　59・6・7（木）十一・十二・十三章

信州への一泊旅行（五十八年八月）、文集第五号の合評会（五十八年九月）、北岡の、学校行事のつごう（五十九年二月）、忘年会（五十八年十二月）などのため、四回ほど中断しているが、一回にほぼ一章ずつを読み、全十回で「三四郎」を読み終えたわけである。

三

例会で「三四郎」を読んでいきながら、私は、これまでの例会の雰囲気とは少し違うかな、という感じを持つことが時々あった。どこということなく、作品を遠まきにして読んでいるような感じ、三四郎や美祢子をクールにながめているような感じ、とでもいうのであろうか。たとえば、「吾が輩は猫である」や「草枕」の時の、ところどころわかりにくい箇所に出会うと、必死になってわかろうとするような熱っぽさが、いま一つ盛りあがってこないようなところが、時としてあったように思われたのである。

「三四郎」をとりあげたのはまずかったかな、と思ったりしたこともあったが、よし子や与次郎に対する共感の仕方や、作品の中のいくつかの美しい場面の受け取り方のユニークさなどに出会うと、ほっとして、全体としては、まずまずの流れだったかな、と思っているところである。

四

私にとって、「三四郎」は、なつかしい作品である。

私が漱石を本格的に読みはじめたのは、大学の三年を終えて春休みであった。教養部時代は、とくに二年のときはドイツ語と音楽に夢中になっていて、小説などはあまり読まなかったのであるが、三年になって、学部の学生ということになると、少しは国語科の学生らしくしなければなるまい、ということで、小説を読みはじめた。

当時、私が心をひかれていたのは、友人の中西くん（現在、大阪教育大学）の影響もあって、リルケ、トルストイ、ドストエフスキーなど、外国の詩人・作家であった。日本の作家では、芥川竜之介、漱石、藤村、鷗外などをぽつぽつと読んでいた程度であったが、この四月からは四年生だ、卒業論文だ、ということになり、卒業論文でとりあげるテーマをいろいろと考えているうちに、漱石でいこう、ときめたのである。漱石は何といっても近代日本を代表する作家だから、という単純な理由が大きく働いていたのであるが、ただそれだけでなく、藤村や鷗外にはいま一つなじめない感じがあった中で、竜之介と漱石には、ふしぎと、そのままで波長が合いそうな親近感があったからである。そして、竜之介は好きだけれど大作家ではない、やるなら大作家の漱石だ、ときめたのであった。卒業論文のテーマは、後に（四年の夏）、大学院（教育学研究科）進学ということとの関係で「言語教育研究」というふうに変更することとなったが、三年の春休みには、まだ漱石一本で考えていたのである。

この時の全集（私にとっては、はじめての全集購入であった）は、創芸社の「夏目漱石全集」全十一巻であった。この全集は、第一回配本が昭和二十八年七月三十一日発行、となっていて、私が購入したのは八月十七日、広島大学の正門前にある溝本積善館であった。つまり、二年生の夏休みから配本ごとに買いはじめて、三年生の夏には全巻手もとにそろっていたのである。（創芸社の全集は、紙質も柔らかく、活字もあたたかく、装丁も品がよくて、オツにすました、いかめしい感じの岩波の全集よりはるかに人間的な感じであった。）

この春休みに、漱石を読もうとして最初にとりあげたのが、全集の第三巻である。この第三巻には、「三四郎」「それから」「門」「思ひ出す事など」「永日小品」の五つの作品がおさめられており、全集の第一回配本であった。すでに、手もとに全集がそろっていたわけであるから、第一巻の「猫」から読みはじめることもできたのであるが、私は、まず、「三四郎」から読みたかったのである。全集を買いそろえながら、めくり読みをしていった中で、一番心をひかれたのが、「三四郎」であったからである。

生来、根っからの田舎者で、野暮なことにかけては、国語科のナンバー・ワンだと自任していた私には、三四郎は、ごく素直に親愛の情の持てる人物であった。自分よりはるかに裕福で、インテリジェンスにも恵まれていた三四郎と肩を並べるつもりはないけれど、大学のキャンパスが舞台で、若い、魅力的な女性が登場するこの作品の、明るく、はずむような若々しさ、甘い感傷の世界が、それまで、いわゆる青春というものにまるきり無縁であった私にとっては、まばゆいほどの美しさに見えたのである。

五

全集第三巻所収の「三四郎」末尾の余白に、私は、次のようにメモしている。

三〇・三・七　前七時八分、第二回読了。

三〇・三・二一（月）　前、九・四〇　第三回読了。

三〇・五・一〇（火）　前、一〇・三八　第四回読了。

第一回めの読了は、全集を買ったときの、いわゆる通読で、そのときはメモしていなかったのである。

私は、卒業論文の題目を、「夏目漱石研究」とするか、「「三四郎」研究」とするか、しばらく迷っていたが、けっきょく、大転換して「言語教育研究」となったため、四年生の夏からは、「三四郎」からしばらく離れることになった。

しかし、大学院への進学が決まって、四月から国語科の同級生たちと漱石研究会を始めようということになり

（会の名は、私たちが昭和二十七年度入学生ということで、二七会とした）。その時に、真っ先に取りあげた作品が「三四郎」であり、私は、その第一回の発表者となった。

私にとって、「三四郎」は、藤村の「春」よりも、鷗外の「青年」よりも、はるかに近しい、なつかしい作品なのである。

（「文集　第六号」昭和59年11月1日）

10 「それから」を読む
―代助の美意識―

一

「夏目漱石遺墨集」（全六巻、求龍堂、昭和五十二～五十七年刊）の第三巻および第四巻の「絵画篇」には、「不成帖」「咄哉帖」「観自在帖」（いずれも大正四年）の三帖に含まれる四十八葉を合わせて、合計百四十六葉の絵画が収められている。「山上有山図」（大正元年）「達磨渡江図」（大正二年）「樹下釣魚図」（大正二～三年ごろ）「椿図」（大正四年）「萩と月の図」（大正五年）など、その多くは晩年のものであるが、それらとともに、明治三十七年から八年にかけて橋口貢などにあてた四十六葉の自筆水彩絵はがきがあり（いずれも第四巻に収める）、これがなかなかにおもしろいものである。

お世辞にもうまいとはいえないものが大部分であるが、なかにはかなりうまくかけているものもある。しかし、その巧拙をこえて、あの「猫」執筆の一年くらい前から執筆の最中にかけて、これだけの数を、たとえば、「名画なる故　三尺以内に近づくべからず」（「西洋人の肖像画」明治三十七年）などとふざけながらかいている漱石の表情が目に見えるようで楽しいのである。ここには、晩年の絵に見えるような禅味や風格がないかわりに、下手の横好きで楽しみながらかいているところからくるユーモアと明るさがある。それは「猫」のユーモアに通ずるものであるが、「猫」よりも明るく、無邪気である。

これらの「自筆水彩絵はがき」の中に、ブランギンの模写がある。明治三十八年一月十五日、田口俊一宛のものである。茶系統の色を主体にして、港かどこかで荷揚げしているらしい労働者の群像を描いたもので、はがきの下の部分一センチくらいをあけて、「何ダカ分ラナイ画ニナリマシタ　モトハ『ブランギン』デス」と書き添えている。この絵はがきは、色調もおちついており、人物にもそれなりの動きがあって、けっこう絵になっているのである。

二

「それから」の第十章に、ブランギンの名が出てくる。一度来た三千代が、代助があまりよく寝ているのでちょっと神楽坂での買物をすませてから来る、と言って出て行ったあとの描写の中である。

三千代がまたたずねて来るという自前の予期が、すでに気分の平調を冒しているので、思索と読書もほとんど手に着かなかった。代助はしまいに本棚の中から、大きな画帖を出して来て、ひざの上に広げて繰り始めた。けれども、それも、ただ指の先で順々にあけて行くだけであった。一つの絵を半分とは味わっていられなかった。やがてブランギンの所へ来た。代助は平生からこの装飾画家に多大の興味を持っていた。彼の目は常のごとく輝きを帯びて、一度はその上に落ちた。それはどこかの港の国であった。背景に船と檣と帆を大きくかいてそのあまった所に、きわ立って花やかな空の雲と、青黒い水の色をあらわした前に、裸体の労働者が四五人いた。代助はこれらの男性の、山の如くに怒らした筋肉の張りぐあいや、彼らの肩から背にかけて、肉塊と肉塊が落ち合って、その間に渦のような谷を作っている様子を見て、そこにしばらく肉の力の快感を認めたが、やがて画帖をあけたまま、目を放して耳を立てた。

代助がここで広げているブランギンの絵と、さきの絵はがきのもとの絵が同じものであるかどうかを今、断ずることはできない。しかし、代助が、思索も読書もほとんど手につかない時に、大きな画帖を取り出してきたこと、その絵も落ち着いて見ることができなかったとき、ブランギンを見てその目が常の輝きを帯びてきたことは確かである。

ここでは、代助は、ブランギンの絵に肉の力の快感を認めているのであるが、代助の美意識は、こうした肉の力の快感のみに向けられているのではない。

代助はちょっと話をやめて梅子の肩越しに、窓掛けの間から、きれいな空を透かすように見ていた。遠くに一本の木がある。薄茶色の芽を全体に吹いて、柔らかいこずえの端が天につづく所は、ぬか雨でぼかされたかのごとくにかすんでいる。(三章)

これは、漱石ごのみの水墨画の世界である。

平岡の細君は、色の白いわりに髪の黒い、細面に眉毛のはっきり映る女である。ちょっと見るとどことなくさみしい感じの起こるところが、古版の浮世絵に似ている。(四章)

代助は、こういう古版の浮世絵のような感じの三千代が好きなのである。

「それから」には、「草枕」や「三四郎」のように画工・画家は出てこない。しかし、教養人代助の、教養人たる所以の一つとして、代助には彼なりのはっきりした美意識が与えられているのである。

(「文集　第七号」昭和61年2月3日)

11 「それから」の再読について

一

平成八年五月から読んできた芥川龍之介が、あと三回で読了、という時期（平成十年四月例会）に、この次に何を読むか、ということについて、会員の皆さんの意見を聞いた。その時、参考のために、候補として挙げた作家は、次の六人であった。

1　森　鷗外　2　島崎藤村　3　宮沢賢治　4　夏目漱石　5　トルストイ　6　ドストエフスキー　7　その他

この中から、会員（当日の出席者、九名）一人が三人ずつの作家を選ぶこととして、集計した結果、

①夏目漱石（再読）：8　②宮沢賢治：7　③ドストエフスキー：5　（以下、略）

となった。そこで、漱石と賢治についてさらに話し合いをした結論が、「夏目漱石（再読）」となったのである。

二

この機会に、これまでの「桐の会」のことについて、簡単に振り返っておくことにしよう。

「桐の会」は、前橋市内の女性グループによる読書サークルである。昭和五十二年十二月に発足し、現在まで二十一年間、毎月一回の読書会をつづけている。当初、十七名いたメンバーも、転勤、家の都合、死去、その他で減少したり、メンバーが入れ替わったりして、現在は九名。このうち、会長の阿部喜久江さんら五名は、創立当初からのメンバーである。私は、この会の創立時、指導を頼まれ、以後、今日に至っている。

「桐の会」は、漱石を読みたいということで始まったのであるが、漱石を十二年五か月読み、その後、「グリム童話」、「アンナ・カレーニナ」、芥川龍之介と読んできて、この八月から、再び漱石にかえってきたところである。

前回の漱石では、「道草」から読み始め、「明暗」「吾輩は猫である」「三四郎」「それから」「門」「行人」と読みついで、「こころ」で漱石を一区切りということにした。この間、一作品を読み終えるごとに文集を作成してきており、「こころ」についての文集は、「桐の会」の文集としては、第十号になる。（後略）

（北岡清道「桐の会」とともに―文集第十号から」）

平成十年八月から、再び漱石にかえり、「それから」を十四回（実際には十三回）にわたって読んできたわけである。

三

漱石を再び読み始めるに際して、会員の皆さんに、テキスト、参考のための文献などをまとめて購入してもらった。

一　小説

1　『それから』（明治四十二年）　岩波文庫

2　『行人』（大正二年）　岩波文庫

3　『こころ』（大正三年）　岩波文庫

4　『道草』（大正四年）　岩波文庫

5　『明暗』（大正五年）　岩波文庫

※『それから』読了近くになって、『門』をテキストに加えることにした。

二　小品集

1　『夢十夜、他二編』（明治四十二年）　岩波文庫

2　『思い出す事など』（明治四十三年）　岩波文庫

3　『硝子戸の中』（大正四年）　岩波文庫

三　参考とする作品・文献

1　『漱石日記』（平岡敏夫編）　岩波文庫

2　『夏目漱石の手紙』中島国彦・長島裕子著　大修館書店

3　『新潮日本文学アルバム・・夏目漱石』　新潮社

今は、『それから』を読了し、二月（平成十二年）から、『門』に入ったところである。

四

「それから」を再読した経過は、次の通りである。

第一回　平成十年八月二十二日（土）：一章

第二回　九月二十六日（土）：二章

第三回　十月二十四日（土）：三章〜四章

◎十一月二十八日（土）：「桐の会」文集第十七号《芥川龍之介を読む（三）》合評会

◎十二月十二日（土）：忘年会、レコード・コンサート（北岡宅）

第四回　平成十一年一月二十三日（土）：五章〜六章

◎二月例会（二十七日（土）の予定であった。）は、北岡の都合（左足の激痛）により、休会。

第五回　三月二十七日（土）：七章

第六回　四月二十四日（土）：八章〜九章

第七回　五月二十二日（土）：十章

第八回　六月二十六日（土）：十一章

第九回　七月二十四日（土）：十二章

第十回　八月二十八日（土）：十三章

第十一回　九月二十五日（土）：十四章

第十二回　十月十六日（土）：十五章、十六章の一～四

第十三回　十一月二十七日（土）：「それから」は読まず。

※この日は、①セザンヌ展（横浜美術館）、②読書世論調査の結果（毎日新聞）、③金子みすゞのこと（仙崎の「みすゞ記念館」など）、④今後の予定（文集第十八号のこと、忘年会のこと）などについて話しているうちに、時間がきてしまい、結局、「それから」には入れなかった。

◎十二月十八日（土）：忘年会、レコードコンサート。（北岡宅）

第十四回　平成十二年一月二十二日（土）：十六章の五～十、十七章（終章）

第十三回目が、「それから」の内容に入れなかったため、〈まとめ〉の予定であった、平成十二年の一月例会を、「それから」の最終回としたのである。

◇◇◇◇◇

紙漉きの自在に水を畳みけり　喜多杜子

薫風や打つべく口に入れし釘　木下夕爾

天地にただ一人なるわれをきて
何処さまよふわが心ぞも　尾上柴舟

（「文集　第十八号」平成12年5月27日）

○「それから」Ⅱ　あとがき

「桐の会」の文集も、今回で第十八号となりました。「それから」については、第二号となります。

今回は、原稿の枚数を、前回の六枚から八枚（「桐の会」の文集用の原稿用紙：二九字×一九行＝五五一字、で）に増やしたこと、さらに、八枚はいちおうの目安で、それ以上でも構わない、ということにしたため、結果としては、一人当たり平均で約十枚、合計では、九十一枚となりました。添削や入力の段階で、引用文をいくぶん増やしたりしたため、実際には、それよりも二～三枚程度多くなっています。

分量だけでなく、内容の上から言っても、皆さんよくがんばっています。テーマにも、手法にも、それぞれ工夫がみられるのがうれしいことです。「それから」の再読の文集、という点から言えば、堺頼子さんの感慨は、身にしみるものがあります。

串田ハルミさん、細木蓉子さん、佐々木靖子さん、戸塚千都子さんには、文章の後に、自作の俳句を載せてもらいました。それぞれに、なかなかいい感じです。中でも、戸塚さんの俳句は、句作の年輪と風格を感じさせる作品です。

この四人以外の人の文章の後には、スペースに応じて、俳句や短歌を配置しました。これらは、すべて大岡信氏の「折々のうた」（朝日新聞）からとったものです。

力のこもった文章の後に、こういう俳句や短歌を置いてみると、散文と韻文、それぞれのよさがいっそう引き立つようでうれしくなります。

皆さん、ご苦労様でした。
最後になりましたが、佐々木康夫様、今回も美しい表紙をありがとうございました。私たちのささやかな仕事に、大きな花を添えて下さいましたことに心からお礼を申し上げます。

平成十二年五月二十七日

北岡清道

12 「門」を読む

―「門」の題名について―

一

自分は門をあけてもらいに来た。けれども門番は扉の向こう側にいて、たたいてもついに顔さえ出してくれなかった。ただ、「たたいてもだめだ。ひとりであけてはいれと言う声が聞こえただけであった。（中略）彼は門を通る人ではなかった。また門を通らないで済む人でもなかった。要するに、彼は門の下に立ちすくんで、日の暮れるのを待つべき不幸な人であった。（二十一）

鎌倉での十日間の参禅を空しく終えて山門を出る時の宗助を描いた文章である。この部分を、すなおに共感をこめて読むか、わざとらしい、きざな文章と読むかによって、「門」の評価は大きく分かれることになるが、そのどちらの立場をとるにしても、この箇所が、作品の題名と直結し、作品の主題を象徴的に表わしているものであるという点については異論をはさむ余地はないであろう。さすがは漱石、うまい題名をつけたものだ、と言いたいところであるが、実は、「門」という題名は漱石自身がつけたものではない。漱石門下の森田草平と小宮豊隆の合作なのである。まことに意外な感じがするが、これは事実である。

「門」という題名がきめられた時のいきさつを、この二人はかなり詳細に述べている。

少し長いが、以下に引用してみよう。

四十三年の二月の末だと思うが、荷風氏の「冷笑」が済んで、その後へ先生が又新小説を書かれることになった。先生としては、それ迄に腹案は十分出来ていたのであろうが、いよ〳〵明日予告を出さなければならぬと言うその朝になって、「君一つ予告を出して来てくれないか。序に名前も附けて来て貰いたい」と言われた。これには私も驚いた。先生の原稿には書直したり抹殺したりした跡が殆どない。殆どない処か、一つもないと言っていい。それが随筆や論文ばかりでない、小説でもそうである。不審に思って、いつかその理由《わけ》をお尋ねした時、先生は、「いや、僕は一旦書いた文字は口から出たと同様、取返しは附かないものだと諦めている。だから、少々気に入らぬことがあっても、後は又それと合せてその様に書いて行く」と言われた。妙な理屈だとは思ったが、先生は重ねて、「君達の様に何度も推敲したり書直したりする位なら、僕はもう一篇新に別な作をする」とも附け加えられた。そう言われると、私どもには返す言葉がない。これも私や三重吉の推敲癖——と言うと、大層好く聞えるが、その実私の場合に在っては自分の力以上のものを書こうとする悪い癖を窘められたものであろうが、兎に角余程頭がしっかりしていなければ、先生の真似は出来るものではない。そんな事が出来るのも、先生なればこそだと思っていた。

処で、先生ならそれは出来るとしても、今度は長篇小説だ。一行、二行の文章を前と合わせて書いて行くのとは訳が違う。いくら先生でも——とは思ったが、一方から言えば、昔から題目にはそう繋《かか》ぐらわない先生でもある。「虞美人草」などの場合にも、縁日で偶然見附けた鉢植えから取って、平気でいられた。こいつは面白いことを言いつかったと思ったものだから、「先生、本当に私が附けて来て宜しいか」と念を押して、「うむ」と確かに点頭《うなず》かれるのを見るや、「畏承《かしこ》まりました」とばかり、直ぐに先生の書斎を飛び出してしまった。

が、途々《みち》考えると、だん〳〵自分の引請けた責任の重大さが気になっていた。先生はあゝして題名の用意が出来ていなかったものだから、却って他人の附けた名前の方が面白かろう位に思って、こんな事を委託されたのかも知れないが、そうすれば、いよいよ以て何か面白い、客観性のある、そうして如何なる場合にも当て嵌るような題目を附けなければならないし、又附けたいものである。私は自宅《うち》へ戻って考えるつもりで、足は自然と本郷へ向っていたが、「どうも自分一人で附ける気になれない。そこで一旦閾は跨いだが、その足で再び森川町の小宮君の下宿へ出掛けた。責任を分つ気はないが、小宮君にも相談に乗って貰おうとしたのである。で、その話を聞くと、小宮君も大いに乗気になって、二人で先ずニイチェの「ツァラトストラ」を見ている間に、小宮君が「門」という言葉を見附けて、「これは何うだ?」と言い出した。「うむ、『門』は好い。これなら象徴的《シムバリカル》で、何んな内容でも盛ることが出来る。」これにしようしようと言うことになって、私は直ぐに又京橋区滝山町の社へ出掛けた。そして予告の文章は、何しろ先生が自分で書かれないのだから、当り触りのないように、簡単に「右近日の紙上より掲載す」として置いて、ほっとしながら帰って来た。午後の三時頃であったかと思う。

その日は勿論先生のお宅へは伺わなかった。だから先生が自分の作の題名を知られたのは、一般の読者と同じように、翌日の紙上であったのである。私はそれを興味あることのように感じていた。そして、その後もこの作が何ういう風に発展して、何処で何う『門』の題意が生かされるかと興味を以て眺めていた。しかも、それが最後に及んで、恰も先生自身が予めそういう腹案を持ってでもいられたように、何のわざとらしさもなく素張らしい成功を以て実現されたことは、既に読者の知っていられる通りである。が、これは勿論先生の力量であると共に、題そのものも小宮君の智慧を借りたのだから、過半は同君の効に帰さなければならない。（森田草平著『夏目漱石』昭一八、養徳社）

森田草平は、よく間違いをおこした人のようで、草平自身が、漱石に叱られたり間違いを仕出かしたりしたことばかりが記録に残る、と嘆いているくらいであるが、その草平が、「たまには都合よく行ったこともあった」として、「私の手柄みたいなものを一つ二つ吹聴に及んで置く。」と前書きして書きとめたのが、ここに引用した文章である。結びの文で、「過半は同君の効に帰さなければならない。」と言って、小宮豊隆を持ち上げてはいるものの、内心は、この、自分としてはめったにないお手柄がうれしくて、誇らしくて、大声を上げたいほどなのをぐっとがまんしている気配が、この文には見え見えである。

ところで、その時の草平の相談相手となった小宮豊隆は、「門」という題名つけの事情についてどう述べているだろうか。以下は、漱石全集（岩波）第四巻の「解説」からの抜き書である。

『門』という名前は、漱石自身がつけた名前ではない。それをつけたのは、森田草平と小宮豊隆である。――当時朝日新聞では、予告の必要上、一日も早く漱石の新しい小説の名前を知りたがった。然し漱石は、小説の内容に就いて頭を使うことの方が急がしかったと見えて、名前はなかなかきまらなかった。社の催促が急になって、漱石は面倒になったものだろう、当時漱石主宰の文芸論の下働きをしていた森田草平に、何でもいいから名前を考えて、それを社の方に報告して来てくれと頼んだ。内容も知らない他人の小説の名前を選定するなどという事は、前代未聞の事である。草平も閉口して、豊隆の所へ相談に出かけた。然し豊隆にも名案のある筈がなかった。不得已《やむおえず》豊隆は机の上の「ツアラツストラ」を取り上げ、おみくじでもひくように、それをぱっとあけて見る事にした。そうして出て来たのが、門という言葉である。小説の名前は、『門』という事に一決した。草平はそれを社へ通告し、社では翌日の新聞に、その通り予告した。是は明治四十三年二月二十二日の事であった。漱石も多分その予告で、自分の是から書く小説が『門』という名前であるという事を、初めて知ったのだと思う。

草平も豊隆も、言いつけられたから名前をきめはしたものの、それでよかったのかわるかったのか、まるで見当のつけようがないのだから、内心あまり穏やかでなかった。然し漱石は平気であった。勿論漱石から言えば、名前なんぞどうだってよかったのかも知れないし、また必要だと思えば、どんな名前がついていても、結構それを活かして見せるという、自信があったのだろう、然し我々は、そうは行かなかった。仮令《たとえ》漱石の書く小説の内容にぴたりと嵌る名前ではなかったまでも、その内容にそぐわない、もしくはその内容の邪魔をする名前であっては困るという気があった。然しそれが邪魔になるかならないかは、小説が済んでからでないと分からない。その上その小説は、相当長い間、一向『門』らしい気色を見せなかった。――それが『門』も愈終に近づき、宗助が鎌倉に参禅に出かける段になって、なるほど是で『門』になるのかと思われ出し、最後に其所で宗助が、「自分は門を開けて貰いに来た。けれども門番は扉の向側にいて、敲いても遂に顔さえ出して呉れなかった。……」と感じ、作者がそれに附け加えて、宗助の事を「彼は門を通る人ではなかった。又門を通らないで済む人でもなかった。要するに、彼は門の下に立ち竦んで、日の暮れるのを待つべき不幸な人であった。」と批評する所が出て来るに及んで、我々は、ほっと救われたような気になった。同時に我々は、漱石が『門』という名前と小説の内容とを、実に巧みに関連させた、その手際の鮮やかさに驚嘆の目を瞠らざるを得なかった。『門』という名前は、月盈ちて赤ん坊が母胎を離れるように、いかにも自然に、いかにも安々と、小説の内容から生れ出た名前になっていたからである。——

（小宮豊隆稿「漱石全集」第四巻・解説）

ここには、「門」という題目が、ほとんど偶然ともいえるようなかたちで決まった事実、決めた後の心の不安、宗助の鎌倉参禅の場面で、初めて「門」の名前が十全に活かされたのを知った時の安堵感、漱石の手腕に対する驚嘆などが、森田草平とはまた違った生々しさで述べられている。

ところで、われわれがこの二人の文章から読みとるのは何であろうか。漱石の気まぐれ、自信、筆力、そして、何よりも作品全体の中で、題名を見事に生かしていく構成力である。

「門」を論評する人の中には、「門」の構成上の欠陥を指摘する人が少なくない。江藤淳などはその最たるものであろう。

「それから」以後に於ても、漱石の長篇構成の努力は、幾度となく失敗を繰り返す。「門」はそのような失敗作であった。（江藤淳著「夏目漱石」）

正宗白鳥も、「鎌倉の禅寺へ行くなんか少し巫山戯けている」（作品論―夏目漱石―）という。たしかに、宗助の参禅は、いろいろと議論を呼ぶだけの問題をはらんでいることは事実であるが、「門」という題名のいきさつを踏まえた上でこの参禅の場面を見ると、それらの問題点を内に包みこみながら、なお、強靱な作品構成力の片鱗を見せてくる漱石の大きさ、強さにあらためて驚嘆せざるを得ないのである。

（「文集　第八号」昭和62年2月4日）

13 「門」の再読
―「あとがき」にかえて―

一

文集第十九号は、二度目の「門」の文集である。

前回の「門」の文集（第八号）から、十四年目になる。

この十四年の間には、日本も、世界も、大きく揺れ動いている。

昭和天皇の死（昭和の終焉）（一九八九年）。阪神淡路大震災（一九九五年）。地下鉄サリン事件（一九九五年）。東西ドイツの統一（一九九〇年）。ソ連の崩壊（一九九一年）。湾岸戦争（一九九一年）。などなど……

「桐の会」では、この間に、斉藤正子さん、大手幸江さんが死去。石田マサ子さん、関根みどりさんらが会から離れていき、倉林あい、串田ハルミ、内田千秋、川野京子の皆さんがメンバーに加わってくれた。

これまでの文集には、第一号から第十八号まで、一号、一号にさまざまな思い出があるが、今回は、第一回めの「門」の文集、第八号について少し振り返ってみよう。

二

文集第八号「門」（昭和六十二年二月四日発行）の執筆者は、石田マサ子、斉藤正子、戸塚千都子、細木蓉子、阿部喜久江、大手幸江、それに北岡清道の計七名である。

文集冒頭の「文集第八号に寄せて」（北岡清道）によると、前回の「門」は、昭和六十年十一月二十一日（木）から読み始め、翌昭和六十一年九月十一日（木）に読了している。このうち、三回は、「忘年会&レコード・コンサート」や、文集第七号（「それから」）についての打ち合わせ、文集第七号（「それから」）の合評会（長岡市「ホテル・ニュー長岡」）などにあてており、実際に「門」を読んだのは計八回であった。この「文集第八号に寄せて」の最後の部分に、北岡は次のように書いている。

「門」は、長短とりまぜていろいろと問題の多い、興味ある作品であった。

今回の文集第八号では、みな十枚をこえており、二十枚以上の人が三人もいる。多忙の中や、気苦労の多い中での執筆だけに、読みごたえのあるものばかりである。ただ、この第八号には、佐々木靖子さん、堺頼子さん、瀬間和子さんの名前が見られないのがさびしい。第九号では、ぜひ全員元気な顔をそろえたいものである。

三

さて、今回の文集第十九号にもどろう。

今回、「門」を読み始めたのが平成十二年二月二十六日（土）、読了したのが、同年の十一月二十五日（土）であった。

その経過は、次の通りである。

1　平一二・二・二六（土）……一～三章
2　平一二・三・二五（土）……四章
3　平一二・四・二二（土）……五～七章
4　平一二・五・二七（土）……八～九章
※平一二・六・一〇（土）……文集第十八号「それから」Ⅱ合評会（前橋市、料亭「新花の茶屋」）
5　平一二・七・二二（土）……十～十二章
6　平一二・八・二六（土）……十三～十四章
7　平一二・九・三〇（土）……十五～十七章
8　平一二・一〇・一四（土）…十八～二十一章
9　平一二・一一・二五（土）…二十二～二十三章（終章）

芥川龍之介を読み終えた後、漱石を再読することに決まった時、「門」は再読の予定には入っていなかった。これは、少しでも早く「明暗」にたどりつきたいという気持ちからであったが、「それから」が終わりに近づくにつれ、「門」を読まないで次に進むのがどうにも残念なことに思われだした。そこで会員の皆さんと相談した結果、あと二回で「それから」が終わるという時になって、急遽、「門」も取り上げることになったわけである。
このようないきさつで読むことになった「門」なので、私としては、なるべく早く、できれば四～五回ぐらいで読了したいと考えていたが、やはり読み始めてみるとそうもいかず、結局、前回よりも一回ほど多い、九回となってしまった。読みの進行に、もう一つキリッとしたメリハリがあるべきではなかったか、というのが私の反省である。

しかし、「門」を再読したことは、結果としては、よかったのではないかと思っている。特に、今回、テキストとした岩波文庫に、これまでの小宮豊隆に代わって登場した辻邦生の解説は、格調の高い名論文であり、この解説を「桐の会」の会員に読んでもらうだけでも、今回、「門」を取り上げた意味はある、と思うくらいである。

四

ところで、この度の第十九号の文集でも、会員それぞれの個性が、それぞれの形で、誠実に表現されている。文集第八号の「編集後期」で細木蓉子さんが、「楽しみの後には苦しみが待っています。」と書いた心境は、今も多くの会員の変わらざる心境であろうが、苦しみながらも、とりあえず、平均で一人約五〇〇〇字ほどの文章を書き上げた努力と根性には頭の下がる思いである。

最後になりましたが、今回も、「桐の会」の文集のために、多忙の中で、美しい表紙を、一枚一枚、文字どおり手作りで仕上げていただいた佐々木岱碩《タイセキ》様に心から御礼を申し上げます。「桐の会」の文集の値打ちは、中身が半分、表紙が半分（あるいは、それ以上？）という気がします。ほんとうにありがとうございました。

平成十三年五月十三日

北岡清道

（「文集　第十九号」平成13年5月14日）

14　「行人」を読む

私たちが「行人」を読んできた経過は、次のとおりである。

①　昭61・10・9（木）　「行人」第一回。
　　漱石年譜を読む。「行人」の構成。
　　「友だち」一〜十五
②　61・11・20（木）　「友だち」十六〜三十三
③　61・12・18（木）　「兄」一〜十二
④　62・1・22（木）　新年宴会（北岡宅）。映画「赤い靴」「四季／尾瀬」、「復活」（マーラー）
⑤　62・2・11（木）　文集第八号（「門」）合評会。於「楽々園」（敷島公園）
⑥　62・3・12（木）　「兄」十三〜二十一
⑦　62・4・16（木）　「兄」二十二〜二十七
⑧　62・5・21（木）　「兄」二十八〜三十八
⑨　62・6・11（木）　「兄」三十九〜四十四。「兄」一〜四十四のおさらい。

⑩ 62・7・16(木) 「帰ってから」一〜十
⑪ 62・8・20(木) 「帰ってから」十一〜十九　串田ハルミさん、倉林あいさん、新会員となる。
⑫ 62・9・17(木) 「帰ってから」二十〜二十八
⑬ 62・10・8(木) 「登世という名の嫂―漱石における禁忌と告白―」(江藤淳)を読む。
※第一回「桐の会」尾瀬ハイキング(10／1(木)〜10／2(金))
⑭ 62・11・19(木) 「帰ってから」二十九〜三十八
※62・11・14(土) 「漱石の歩いた跡を尋ねて」(「桐の会」十周年行事)
⑮ 62・12・19(土) 「塵労」一〜九
⑯ 63・1・14(木) 新年宴会(北岡宅)。「白鳥の湖」(VHD)、映画「アマデウス」(LD)、「新世界より」(CD)ほか。
⑰ 63・2・20(土) 「塵労」十〜十六
⑱ 63・3・12(土) 「塵労」十七〜二十七
⑲ 63・4・16(土) 「塵労」二十八〜三十六
⑳ 63・5・14(土) 「塵労」三十七〜四十三
㉑ 63・6・18(土) 「塵労」四十四〜五十二
㉒ 63・7・16(土) 「行人」全編のおさらい。
㉓ 63・8・20(土) 「人生の短さについて」(セネカ著、岩波文庫)を読む。
㉔ 63・9・17(土) 「幸福な人生について」(セネカ著、岩波文庫)を読む。

昭和六十一年九月から読み始めて、六十二年七月、ほぼ二年間かかって読了したわけである。この間、二回の新年宴会、「桐の会」としては初めての尾瀬ハイキング、「桐の会」十周年行事（漱石の歩いた跡を尋ねて）などの行事があり、文集第八号の合評会や、哲学書を読むことなどもあって、多彩な内容の二年間であった。六十二年八月に、串田ハルミ、倉林あいのおふたりを新会員として迎えることができたのもうれしいことであった。

「桐の会」文集も、ようやく第九号となった。「桐の会」が発足したのが、昭和五十二年十二月八日（木）である。「さまざまな道草」と題した文集第一号は、昭和五十三年十一月二十九日の発行であった。以来、だいたい、一作品を読了するごとに文集を発行してきた。文集の原稿書きがなければ「桐の会」はもっと楽しいのに、と恨みがましい声が出そうになったこともある。文集を発行しつづけるのは、そうかんたんではない。

しかし、ともかく、こうして第九号が生まれた。「行人」は重いテーマを持つ作品だけに、それについて書くことは骨の折れる仕事であったが、会員全員、一人ももれることなく文章を載せることができたのは大きな喜びである。

○　お直と「それから」の梅子

一

「行人」のお直は二郎の嫂であり、「それから」の梅子は代助の嫂である。お直と梅子、この二人の嫂を、義弟への態度、家庭での位置、夫との関係、の三つの点で、漱石は見事に描き分けている。

二

まず、「それから」の梅子を見てみよう。

梅子はしっかり者である。社交的で、多忙な実業家誠吾の妻として、一家の主婦として、誠太郎、縫子の母親として、それぞれの役割をりっぱに果たしている。長男の嫁として、夫の父にも十分心を配っている。梅子は、長井家という家庭にとって、なくてはならない存在である。梅子がしっかりしているからこそ、夫の誠吾は、家の中のことは一切梅子に任せきりで、仕事に、社交に専念できるのである。したがって、義弟の代助に対する態度も自信にあふれている。

「まあお掛けなさいいな。少し話し相手になってあげるから」（中略）

「あなたは、そこにいらっしゃい。少し話があるから」

代助には嫂のこういう命令的の言葉がいつでもおもしろく感ぜられる。（三）

まるで子ども扱いである。代助もまた、そのような嫂の態度やことばをむしろ楽しんでいるところがある。代助が、「おもしろく」感じるのは、梅子のことばが、気の許せる義弟に対する好意から発しているものであることを、代助自身がよく知っているからである。

「それから」には、また、次のような場面がある。

梅子と縫子は長い時間を化粧に費した。大輔は懇よくお化粧の監督者になってふたりのそばについていた。そうして、時々は、おもしろ半分の冷やかしも言った。縫からは叔父さんずいぶんだわを二三度繰り返された。（十一）

嫂と姪のお化粧の場に居合せて、からかったりするということで、漱石は、代助とこの二人の、心の親密さを端的に示しているのである。

梅子はまた、代助のことを、代助の父や兄以上に心配してやっている。代助に借金を申しこまれ、いったんは断りながら、後で二百円の小切手を送ってやったり、父の結婚話を断って金をもらいに来なくなった代助に、自分一人のはからいで送金してやったりするのである。この二回の送金に添えられた梅子の手紙には、義弟思いの嫂の心情があふれている。代助が、三千代に対する、いわば不倫の恋を成就させようとしているのを知った梅子の嘆きが、誠吾のことばで、「ねえさんは泣いているぜ」（十七）というふうに表現されるのもうなずけるのである。

三

次に、「行人」のお直はどうであろうか。

お直にとって、婚家である長野家は、決して安住の場ではない。お直は、妻としての直感から、夫が自分に対する不信の念を持っていることを知っている。しかし、自分から努力してその不信を取り除こうとはしない。

夫の一郎からは不信の目で見られ、小姑のお重からは敵意を見せられ、姑からも「困ったものだ」と思われているような家庭の中にあって、お直の唯一の救いは、義弟の二郎の自分に対するやさしさであった。

そのお直も、代助に対する梅子のように、時として、嫂らしい、上からの物言いをすることがある。

「用があるなら早くおっしゃいな」と彼女は催促した。

「催促されたってちょっと言える事じゃありません。」

自分は実際彼女から促された時、なんと切り出していいのかわからなかった。すると彼女はにやにやと笑った。

「あなた取っていくつなの」

「そんなに冷やかしちゃいけません。ほんとうにまじめな事なんだから」

「だから早くおっしゃいな」

自分はいよいよ改まって忠告がましい事を言うのがいやになった。そうして彼女の前へ出た自分がなんだか彼女から一段低く見くびられているような気がしてならなかった。それだのにそこに一種の親しみを感じ

ずにはいられなかった。（「兄」二十九）

お直の、この高飛車な物言いは、梅子の、代助に対する物言いに似た所がある。二郎が、お直に一段低く見くびられているようでありながら、そこに一種の親しみを感じている点でも、代助の、梅子に対する感情と共通するところがある。

漱石の、嫂登世に対する感情が、江藤淳氏の言うように、肉体的交渉をも含めてのものであったかどうかはしばらくおくとしても、代助→梅子、二郎→お直に対する親愛の情は、漱石→登世の感情と無縁ではあるまい。

　自分の見た彼女（注：嫂のお直）は決して温かい女ではなかった。けれども相手から熱を与えると、温めうる女であった。（「兄」十四）

一郎は、お直を温めることができなかった。お直を温めることができたのは二郎だけである。お直は、二郎と二人だけの時には、まさしく「温めうる女」になる。

兄一郎のたっての頼みを受けて、二郎はお直と和歌山に行く。そしてあいにくの強雨のため、宿をとり、同じ部屋に寝ることになる。風雨のために家中の電灯がぱたりと消えた時、二郎とお直は、次のような会話を交わす。

　「ねえさん」
　「何よ」
　「いるんですか」
　「いるわあなた。人間ですもの。うそだと思うならここへ来て手でさわってごらんなさい」
　自分は手捜りに捜り寄ってみたい気がした。けれどもそれほどの度胸がなかった。そのうち彼女のすわっ

ている見当で女帯の擦れる音がした。（「兄」三十五）

「何をしてるんですか」と再び聞いた。

「さっき下女が浴衣を持って来たから着換えようと思って、今帯を解いている所です」

と嫂が答えた。（「兄」三十五）

これはもう、嫂と義弟の会話ではない。男と女の会話である。

早春の、雨の降る寒い晩に、お直は二郎の下宿先を一人で訪れる。帰りぎわにお直は次のように言う。

「男はいやになりさえすれば二郎さんみたいにどこへでも飛んでゆけるけれども、女はそうは行きませんから。あたしなんかちょうど親の手で植えつけられた鉢植えのようなもので一ぺん植えられたが最後、だれか来て動かしてくれない以上、とても動けやしません。じっとしているだけです。立ち枯れになるまでじっとしているよりほかにしかたがないんですもの」（「塵労」四）

お直のこのことばには、和歌山の夜のような挑発的な響きはない。ここには、女としての、もっと深い思いがこめられている。

四

お直も梅子も、義弟に対して好意を抱いている点では共通している。しかし、決定的に違うのは、梅子の好意が、あくまで「嫂」としての範囲で示されているのに対して、お直の場合は、むしろ積極的に「女」として向かい合おうとする態度がみられることである。

「それから」の梅子の〝安定〟（幸福）と「行人」のお直の〝不安定〟（不幸）は、義弟への態度のちがいに起因するところも大きいのである。

（「文集　第九号」昭和63年11月）

15　「行人」の再読

―第一部「友達」、第二部「兄」、第三部「帰ってから」、第四部「塵労」について―

一

私たちは、八月例会（平成十四年八月二十四日・土）で、「行人」の第一部、「友達」を読了した。それについての感想・意見をまとめたのが今回の文集である。

前回、「行人」についての文集を作成したのは、昭和六十三年十一月であった。その時は、「行人」全体を読了してからの文集作成であったが、今回は、四部構成の「行人」の一つ一つを読了した時点で小文集を作り、四つの小文集を合冊して文集第二十一号にまとめる、ということにした。「塵労」を読了した時には、「友達」や「兄」、「帰ってから」の印象が、かなりあいまいになっているのではないか、と考えてのことである。前回の「行人」（文集第九号）から十四年、私たちは、それ相応に年齢を加えている、ということを配慮したためでもある。

二

「友達」を読んできた経過は、次の通りである。

第一回　平成十四年六月二十二日（土）　一〜十一　前橋市中央公民館
※石田マサ子さん、十年ぶりに「桐の会」に復帰。
第二回　平成十四年七月二十七日（土）　十二〜二十四　前橋市中央公民館
第三回　平成十四年八月二十四日（土）　前橋市中央公民館　二十五〜三十三（終章）

三

文集二十一号（その一）は、当然のことながら、（その二）〈兄〉、（その三）〈帰ってから〉、（その四）〈塵労〉の、最初のステップである。会員ひとりひとりのそれぞれのステップの踏み方がこの小文集には刻まれている。小なりといえども、私たち「桐の会」にとっては、たいせつな、いとおしいステップである。

四

（その二）の原稿は、約束どおり九月例会にはほとんど出そろっていたというのに、発行が遅くなってしまいました。すみません。

市川悦子さんには、ご主人を亡くされて、原稿どころではないという状態だったのを、無理にお願いして書いてもらいました。申しわけないことをしたと思います。しかし、やっぱり、書いてもらってよかった。市川さんのためにも、私たちのためにも。それに、これで会員十一人全員の顔がそろいました。感謝、です。

さて、（その一）が出来たと思ったら、もうすぐ（その二）です。ぼんやりしている暇もありません。お互い、身体を大切にしながら、がんばっていきましょう。

平成十四年十二月十五日

土を出《で》し蒟蒻玉に力満つ　岡崎桂子

○

一

私たちは、平成十五年一月、「兄」（「行人」第二部）を読了した。第一部の「友達」の後、九月から読み始め、計四回で読了したわけである。その経過は、次の通りである。（会場は、第三回が内田千秋さん宅、その他は前橋市中央公民館）

1　①一～四十四各章の小見出し　平一四・九・二八（土）

②一～九

2　十～二十二　平一四・十・二五（土）

3　二十三～三十二　平一四・十一・二二（金）

4　三十三～四十四（終章）　平一五・一・二五（土）

※十二月例会は、恒例の、「桐の会」忘年会とレコード・コンサート（第二十二回。北岡宅）のため、お休み。

二

「行人」も、「兄」に入って、いよいよ作品としての本格的な展開を見せることになった。母、兄一郎、嫂の直、それぞれの人物が、それぞれの形で二郎とかかわりながら活写されていく。体調不全（痔疾、胃潰瘍、強度の神経衰弱、……）の漱石が、よくもここまで書けたものだと思う。漱石の気力と知力に改めて脱帽である。

三

ある日の例会で、私が、「こういう一郎を書いていくのは、漱石も大変だなあ。」と言ったら、内田千秋さんが、すかさず、「読む方も大変ですよ。」と応じたことがある。今回の文集でも、阿部喜久江さんが同じようなことを書いている。「桐の会」の皆さん、ご苦労さま。でも、がんばりましょう。

平成十五年六月二十三日

〇

一

平成十五年五月、私たちは、「帰ってから」（「行人」第三部）を読了した。その経過は、次の通りである。

1　平一五・二・二二（土）　一～九
2　三・二二（土）　十～十九
3　四・二六（土）　二十～二十八
4　五・二四（土）　二十九～三十八（終章）

二

「行人」も、「帰ってから」で、いよいよ「行人」らしくなった感がある。「行人」をどう読むかは、一郎をどう読むかにかかっている部分が大きいのだが、その一郎の、一郎らしさが、良くも悪くも「帰ってから」ではもろに出てくる。

「兄」では、とんでもないことを考えるバカな男だ、と笑い飛ばすこともできたかもしれない一郎だが、「帰ってから」ではそう簡単にはいかない。ここでも、身勝手な男であることに変わりはないのだが、その身勝手さのよってくるところを考えざるを得ないような書きぶりになっているからである。

三

一郎にまともに向き合うのは楽ではない。直も大変、母もお重も大変。父親もそれなりに苦しんでいる。太平楽なのは二郎だけだが、その二郎にしても、二郎なりに大変でないこともない。

そして、読者も、同じようにけっこう大変なのである。ましてや、読んで書く、ということになれば、その大変さは倍増することになる。辛いところである。

四

「行人」の小文集もこれで三冊目。会員の皆さんには、いつもの何倍も苦労をさせて申し訳ない、という気もしますが、あともう一冊です。苦労も楽しみのうち、と考えてがんばりまりましょう。

平成十五年十二月十五日

海に出て木枯帰るところなし　山口誓子

○

一

私たちは、平成十五年十一月、「塵労」を読了した。これで、「行人」全体を読了したことになる。その経過は、次の通りである。

1　「友達」：三回（平一四・六・二二〜八・二四）
2　「兄」：四回（平一四・九・二八〜平一五・一・二五）
3　「帰ってから」：四回（平一五・二・二二〜五・二四）
4　「塵労」：五回（平一五・六・二八〜一一・二二）

「塵労」の経過は、次の通りである。

第一回：平一五・六・二八（土）　一～十二
第二回：七・二六（土）　十三～二十四
第三回：九・二七（土）　二十五～三十四
第四回：一〇・二五（土）　三十五～四十四
第五回：一一・二二（土）　四十五～五十二（終章）
※八月例会は、北岡の都合により、お休み。
第一部「友達」から第四部「塵労」まで、合計十六回、一年六カ月をかけて読了したわけである。

二

「行人」は、大作である。それも、漱石の作品の中では、やや異質ともいえる難解さを伴った作品である。一郎は、孤高の学者であると同時に、自ら認めるように、「迂闊」の人であり、「矛盾」の人でもある。家族に日々暗い思いをさせる一郎との、一年六か月にわたるおつき合いは、会員の皆さんにとって楽ではなかったかもしれない。同性の直に肩入れしたくなる気持ちも当然のことといえよう。しかし、やはり、一郎はいい人である。純な人である。漱石が、家族に嫌われながら、やはりいい人であったように。

三

「桐の会」文集第二十一号「行人」Ⅱは、今回の〈第四部「塵労」を読む〉と、これまでの三冊の小文集を合わせて完成することになる。

①「友達」を読む　平一四・一二・一五　三〇ページ
②「兄」を読む　平一五・六・二五　三四ページ
③「帰ってから」を読む　平一五・一二・一七　四二ページ
④「塵労」を読む　平一六・五・二二　五六ページ

合計一六二ページの大冊である。
会員の皆さん、よくがんばりました。ご苦労様でした。
これからも、元気を出して、「道草」、「明暗」へと読み進んでいきましょう。

四

最後になりましたが、佐々木様には、今回も美しい表紙で私たちの文集を飾っていただきました。この、手づくりの、心のこもった表紙のおかげで、私たちの文集が、何倍にもりっぱに、輝いて見えるような気がいたします。佐々木様、ほんとうにありがとうございました。

平成十六年五月二十一日

（「文集　第二十一号」平成16年5月22日）

16　「行人」を読むⅡ
―直と一郎―

一

直が、女らしく生き生きとしているのは、だいたい二郎と関わっている時である。

「二郎さん、あなた下宿なさるんですってね。宅が厭なの」と彼女は突然聞いた。彼女は自分のいった通りを、何時の間にか母から伝えられたらしい言葉遣いをした。自分は何気なく「ええ少時出る事にしました」と答えた。

「その方が面倒でなくって好いでしょう」

彼女は自分が何かいうかと思って、凝と自分の顔を見ていた。しかし自分は何ともいわなかった。

「そうして早く奥さんをお貰いなさい」と彼女の方からまたいった。自分はそれでも黙っていた。

「早い方が好いわよ貴方。妾探して上げましょうか」とまた聞いた。

「どうぞ願います」と自分は始めて口を開いた。

嫂は自分を見下げたようなまた自分を調戯うような薄笑いを薄い唇の両端に見せつつ、わざと足音を高くして、茶の間の方へ去った。（「帰ってから」二十五）

直がここで見せた「わざと足音を高くして」という動作は、この時の直の落ち着かない心境を示していると見ることができよう。この後、一郎の着替えを持って芳江とともに一郎の書斎へ来た直の、取ってつけたような「良妻」ぶりと、二郎に対する今までにない冷淡な挨拶は（「帰ってから」二十八）、この「高い足音」につながるもので、ついに家を出ることを決心した二郎に対する直の執着心の裏返しの表現である。

二

直の、二郎に対する最も積極的な行動は、ある寒い春の宵の口に、突然二郎の下宿を訪ねるところに表れている。

自分は何時か手を出して火鉢へあたっていた。その火鉢は幾分か背を高くかつ分厚に拵えたものであったけれども、大きさからいうと、普通の箱火鉢と同じ事なので二人向い合せに手を翳すと、顔と顔との距離があまり近過ぎる位の位置にあった。嫂は席に着いた初から寒いといって、猫背の人のように、心持胸から上を前の方に屈めて坐っていた。彼女のこの姿勢のうちには女らしいという以外に何の非難も加えようがなかった。けれどもその結果として自分は勢い後へ反り返る気味で座を構えなければならなくなった。それですら自分は彼女の富士額をこれほど近くかつ長く見詰めた事はなかった。自分は彼女の蒼白い頬の色を焔の如く眩しく思った。（「塵労」四）

直が、「顔と顔との距離があまり近過ぎる位」の姿勢で坐ったのは、単に火鉢の構造のせいだけではあるまい。

彼女は火鉢にあたる自分の顔を見て、「何故そう堅苦しくしていらっしゃるの」と聞いた。自分が「別段堅苦しくしてはいません」と答えた時、彼女は「だって反っ繰り返ってるじゃありませんか」と笑った。その時の彼女の態度は、細い人指ゆびで火鉢の向側から自分の頬ぺたでも突っつきそうに狎れ狎れしかった。彼女はまた自分の名を呼んで、「吃驚したでしょう」といった。突然雨の降る寒い晩に来て、自分を驚かして遣ったのが、さも愉快な悪戯ででもあるかの如くにいった。……（「塵労」五）

いたずらめかしてはいるが、この場面での、二郎に対する直の心の傾斜にはひたむきなものがある。これは、あの和歌山の夜の挑発的な言動よりもよほど真実味がある。それは、一郎によって仕組まれた夜と、自分の意志で訪ねて来た宵との違いである。

三

兄一郎がHさんと旅行に出たその日、二郎は、下宿へ帰らずにまっすぐ番町の実家へ廻る。茶の間には嫂が雑誌の口絵を見ていた。

「今朝ほどは失礼」

「おや吃驚したわ、誰かと思ったら、二郎さん。今京橋から御帰り？」

「ええ、暑くなりましたね」

自分は手帛を出して顔を拭いた。それから上着を脱いで畳の上へ放り出した。嫂は団扇を取ってくれた。

「御父さんは？」

「御父さんは御留守よ。今日は築地で何かあるんですって」

「精養軒？」

「じゃないでしょう。多分外の御茶屋だと思うんだけれども」

「お母さんは？」

「お母さんは今御風呂」

「お重は？」

「お重さんも……」

嫂はとうとう笑い掛けた。

「風呂ですか」

「いいえ、いないの」

下女が来て氷の中へ苺を入れるかレモンを入れるかと尋ねた。

「宅じゃもう氷を取るんですか」

「ええ二、三日前から冷蔵庫を使っているのよ」（「塵労」二十五）

この二人の会話の流れの穏やかさはどうだろう。打ち解けた雰囲気の会話はこの後もしばらく続くのだが、その様子を見た母親が、

「おや何時来たの」

母は二人坐っているところを見て厭な顔をした。（「塵労」二十五）

というのも無理はないのである。

直にとって二郎は、長野家の中で、唯一心を許せる人物であった。ただ一人の心の友であった。秀才型の兄一郎に比べれば、ごく平凡な、普通の男である二郎が、直の心の支えなのである。その心の奥底に、ひそかな、あ

るいは、はっきりした愛の意識が存在していたとしても不思議ではない。

長野家の「寂寞たる団欒」の源泉である一郎の存在感は絶大である。長野家の人々は、一郎を無視することもできず、同調することもできず、ただただ暗い毎日を不安に怯えながら過ごすだけである。

四

「本当に困っちまうよ妾だって。腹も立つが気の毒でもあるしね」（「塵労」十二）

という母の言葉は、家族の気持ちを代弁するものであろう。

Hさんは、「あなた方は兄さんが傍のものを不愉快にするといって、気の毒な兄さんに多少非難の意味を持たせているようですが」（「塵労」五十二）と不満げであるが、これは、長野家の人々の責任ではあるまい。

とはいうものの、私は、「塵労」の中の一郎は嫌いではない。

その日は夜明けから小雨が降っていました。それが十時頃になると本降に変りました。午少し過には、多少の暴模様さえ見えて来ました。すると兄さんは突然立ち上って尻を端折ります。これから山の中を歩くのだといいます。凄まじい雨に打たれて、谷崖の容赦なくむやみに運動するのだと主張します。御苦労千万だとは思いましたが、兄さんを思い留らせるよりも、私が兄さんに賛成した方が、手数が省けますので、つい「宜かろう」といって、私も尻を端折りました。

兄さんはすぐ呼息の塞るような風に向って突進しました。水の音だか、空の音だか、何とも蚊とも喩えられない響の中を、地面から跳ね上る護謨球のような勢いで、ぽんぽん飛ぶのです。そうして血管の破裂するほど大きな声を出して、ただわあっと叫びます。その勢いは昨夜の隣室の客より何層倍猛烈だか分かりません。声だって彼よりも遙に野獣らしいのです。しかもその原始的な叫びは、口を出るや否や、すぐ風に攫って行かれます。それをまた雨が追い懸けて砕き尽します。兄さんは暫くして沈黙に帰りました。けれどもまだ歩き廻りました。呼息が切れて仕方なくなるまで歩き廻りました。

我々が濡れ鼠のようになって宿へ帰ったのは、出てから一時間目でしたろうか、また二時間目に懸りましたろうか。私は臍の底まで冷えました。兄さんは唇の色を変えていました。湯に這入って暖まった時、兄さんはしきりに「痛快だ」といいました。自然に敵意がないから、いくら征服されても痛快なんでしょう。私はただ「御苦労な事だ」といって、風呂の中で心持よく足を伸ばしました。（「塵労」四十三）

凄まじい雨の中を、血管が裂けるほど大きな声を出して、野獣のような叫びをあげつつ、箱根の山を息が切れるまで走り廻り、歩き廻る一郎の姿は、これまでには全く見られなかったものである。

このエネルギーや気迫が、一郎の体の中にまだ存在していたというのは、奇跡のような出来事である。

五

叫び、と言えば、「塵労」にはもう一つ忘れられないシーンがある。一郎が、Einsamkeit, du meine Heimat Einsamkeit!」（孤独なるものよ、汝はわが住居なり）と叫びながら、修善寺の山を馳け下りてゆく場面である（「塵労」三十六）。その後ろ姿には、千日回峰の修行僧のような厳しさと美しさがある。孤高の一郎の、少年のような純粋さがある。

六

箱根の山の野性味と修善寺の山の純粋さと、そして、紅が谷（鎌倉）の、小さな蟹に見とれる安らかな心が存在するかぎり、一郎の再生への望みはゼロではないように思う。

一郎が再生できるかどうか、それは、一郎自身にかかっている。Hさんがどう言おうと、家族のだれであろうと、いや、たとえHさんであろうとも、究極の意味で、一郎を救済することはできまい。一郎を救済できるのは、一郎自身だけである。そして、その可能性はゼロではない、と私は思うのである。

ただし、その一郎の未来の世界に、直の姿は存在しないだろう。そして、たぶん、長野家の他の人々も。

◇◇◇◇◇

みづからの光のごとき明るさを
ささげて咲けりくれなゐの薔薇　　佐藤佐太郎
風もなきにざつくりと牡丹くづれたり
ざつくりとくづるる時の来りて　　岡本かの子

ほしと　たんぽぽ

金子みすゞ

あおい　おそらの　そこ　ふかく、
うみの　こいしの　そのように、
よるが　くるまで、　しずんでる、
ひるの　おほしは　めに　みえぬ。
　みえぬけれども　あるんだよ、
　みえぬ　ものでも　あるんだよ。

ちつて　すがれた　たんぽぽの、
かわらの　すきに　だあまって、
はるの　くるまで　かくれてる、
つよい　その　ねは　めに　みえぬ。
　みえぬけれども　あるんだよ、
　みえぬ　ものでも　あるんだよ。

（「文集　第二十一号」平成16年5月22日）

17 「こころ」を読む

—病床の二人（漱石と「父」と）—

一

いわゆる修善寺大患における大吐血（明治四十三年八月二十四日）直後の自分の状況を、漱石は次のように述べている。

> 眼を開けて見ると、右向《みぎむき》になつた儘、瀬戸引《せとびき》の金盥《かなだらひ》の中に、べつとり血を吐いてゐた。金盥が枕に近く押付けてあつたので、血は鼻の先に鮮かに見えた。其色は今日迄《こんにちまで》の様に酸の作用を蒙つた不明瞭なものではなかつた。白い底に大きな動物の肝《きも》の如くどろりと固まつてゐた様に思ふ。其時枕元で含嗽《うがひ》を上げませうといふ森成さんの聲が聞えた。
>
> 余は默つて含嗽《うがひ》をした。さうして、つい今しがた傍《そば》にゐる妻《さい》に、少し其方《そつち》へ退《ど》いてくれと云つた程の煩悶が忽然何處かへ消えてなくなつた事を自覺した。余は何より先にまあ可《よ》かつたと思つた。金盥に吐いたものが鮮血であらうと何であらうと、そんな事は一向《いつかう》氣に掛からなかつた。日頃からの苦痛の塊《かたまり》を一度にどさりと打ち遣り切つたという落付をもつて、枕元の人がざわ〱する様子を殆んど餘所事《よそごと》の様に見てゐた。余は右の胸の上部に大きな針を刺されて夫《それ》から多量の食塩水を注射された。其時、食塩を注射される位だか

ら、多少危険な容體《ようだい》に逼《せま》つてゐるのだらうとは思つたが、それも殆んど心配にはならなかつた。たゞ管《くだ》の先から水が洩れて肩の方へ流れるのが厭であつた。左右の腕にも注射を受けた様な氣がした。然し夫《それ》は確然《はつきり》覺えてゐない。

　妻《さい》が杉本さんに、是でも元の様になるでせうかと聞く聲が耳に入《い》つた。左様《さやう》潰瘍《くわいやう》では是まで随分多量の血を止《と》めた事もありますが……と云ふ杉本さんの返事が聞えた。すると床の上に釣るした電氣燈がぐら〳〵と動いた。硝子《ガラス》の中に彎曲した一本の光が、線香煙花《せんかうはなび》の様に疾《と》く閃《きら》めいた。余は生れてから此時程強く又恐ろしく光力を感じた事がなかつた。其咄嗟《とつさ》の刹那《せつな》にすら、稲妻《いなづま》を眸《ひとみ》に焼き付けるとは是だと思つた。時に突然電氣燈が消えて氣が遠くなつた。

　カンフル、カンフルと云ふ杉本さんの聲が聞えた。杉本さんは余の右の手頸をしかと握つてゐた。カンフルは非情に能《よ》く利くね、注射し切らない内から、もう反響があると杉本さんが又森成さんに云つた。森成さんはえゝと答へた許《ばか》りで、別にはか〳〵しい返事はしなかつた。夫《それ》からすぐ電氣燈に紙の蔽《おほひ》をした。

　傍《はた》が一《ひと》しきり静かになつた。余の左右の手頸は二人の醫師に絶えず握られてゐた。其二人は眼を閉ぢてゐる余を中に挾んで下《しも》の様な話をした（其單語は悉《ことごと》く獨逸《ドイツ》語であつた）。

「弱い」

「えゝ」

「駄目だらう」

「えゝ」

「子供に會《あ》はしたら何うだらう」

「さう」

今迄落付いてゐた余は此時急に心細くなつた。何う考へても余は死にたくなかつたからである。又決して死ぬ必要のない程、樂な氣持でゐたからである。醫師が余を昏睡の状態にあるものと思ひ誤つて、忌憚《きたん》なき話を續けてゐるうちに、未練《みれん》な余は、瞑目不動の姿勢にありながら、半《なかば》無氣味な夢に襲はれてゐた。そのうち自分の生死に關する斯様に大膽な批評を、第三者として床の上にぢつと聞かせられるのが苦痛になつて來た。仕舞には多少腹が立つた。徳義上もう少しは遠慮しても可《よ》ささうなものだと思つた。遂に先がさう云ふ料簡なら此方《こつち》にも考へがあるといふ氣になつた。――人間が今死なうとしつゝある間際にも、まだ是程に機略を弄し得るものかと、回復期に向つた時、余はしば〳〵當夜の反抗心を思ひ出しては微笑《ほゝゑ》んでゐる。――尤も苦痛が全く取れて、安臥の地位を平靜に保つてゐた余には、充分夫丈《それだけ》の餘裕があつたのであらう。

（「思ひ出す事など」十四）

「今死なうとしつつある間際」の人間である漱石が、その時の自分自身の心身の状況を、淡々と、しかし、まことに的確に記述している。この落付、この余裕――。その透徹した筆の冴えは尋常ではない。

二

「こころ」の「中　両親と私」の中の「私」の父は、危篤状態が続いている。

（1）父は醫者から安臥《あんぐわ》を命ぜられて以來、兩便とも寐たまゝ他《ひと》の手で始末して貰つてゐた。潔癖《けつぺき》な父は、最初の間《あひだ》こそ甚《はなはだ》しくそれを忌み嫌つたが、身體《からだ》が利《き》かないので、已《やむ》を得ずいや〳〵床《とこ》の上で用を足した。それが病氣の加減で頭がだん〳〵鈍《にぶ》くなるのか何だか、日を經《ふ》るに從つて、無精な排泄《はいせつ》を意としないやうになつた。たまには蒲團や敷布を汚《よご》して、傍《はた》のものが眉を寄せるのに、當人は却《かへ》つて平氣でゐたりした。尤も尿《ねう》の量は病氣の性質として、極《きは》めて少なくなつた。醫者はそれを苦にした。食慾も次第に衰へた。たまに何か欲しがつても、舌が欲しがる丈《だけ》で、咽喉《のど》から下へは極僅《ごくわづか》しか通らなかつた。好《すき》な新聞も手に取る氣力がなくなつた。枕の傍《そば》にある老眼鏡は、何時迄《いつまで》も黒い鞘《さや》に納められた儘であつた。子供の時分から仲の好かつた作さんといふ今では一里ばかり隔《へだ》つた所に住んでゐる人が見舞に來た時、父は「あゝ作さんか」と云つて、どんよりした眼を作さんの方に向けた。

「作さんよく來て呉れた。作さんは丈夫で羨ましいね。己《おれ》はもう駄目だ」

「そんな事はないよ。御前なんか子供は二人とも大學を卒業するし、少し位《ぐらゐ》病氣になつたつて、申し分《ぶん》はないんだ。おれを御覧よ。かゝあには死なれるし、子供はなしさ。たゞ斯うして生きてゐる丈《だけ》の事だよ。達者だつて何《なん》の樂しみもないぢやないか」

浣腸《くわんちやう》をしたのは作さんが來てから二三日あとの事であつた。父は醫者の御蔭で大變樂《らく》になつたといつて喜こんだ。少し自分の壽命に對する度胸が出來たといふ風に機嫌が直つた。（「中　両親と私」十三）

（2）父の病氣は最後の一撃を待つ間際迄《まぎはまで》進んで來て、其所でしばらく躊躇《ちうちよ》するやうに見えた。家《いへ》のものは運命の宣告が、今日《けふ》下《くだ》るか、今日《けふ》下《くだ》るかと思つて、毎夜床に這《は》入《い》つた。

父は傍《はた》のものを辛《つら》くする程の苦痛を何處にも感じてゐなかつた。其點になると看病は寧ろ樂《らく》であつた。要心のために、誰か一人位づゝ代る〴〵起きてはゐたが、あとのものは相當の時間の各自《めい〳〵》の寐床へ引き取つて差支《さしつかへ》なかつた。何かの拍子で眠れなかつた時、病人の唸《うな》るやうな聲を微《かす》かに聞いたと思ひ誤《あや》まつた私《わたくし》は、一遍半夜《よなか》に床を抜け出して、念のため父の枕元迄《まで》行つて見た事があつた。其夜は母が起きてゐる番に當つてゐた。然し其母は父の横に肱《ひぢ》を曲げて枕としたなり寐入つてゐた。父も深い眠りの裏《うち》にそつと置かれた人のやうに靜にしてゐた。私は忍び足で又自分の寐床へ歸つた。（同上、十四）

（3）父は時々囈語《うはごと》を云ふ様になつた。

「乃木大将に濟まない。實に面目《めんぼく》次第がない。いへ私《わたくし》もすぐ御後《おあと》から」

斯んな言葉をひよい〳〵出した。母は氣味《きみ》を惡がつた。成るべくみんなを枕元へ集めて置きたがつた。氣のたしかな時は頻りに淋《さび》しがる病人にもそれが希望らしく見えた。ことに室《へや》の中《うち》を見廻して母の影が見えないと、父は必ず「御光《おみつ》は」と聞いた。聞かないでも、眼がそれを物語つてゐた。私《わたくし》はよく起《た》つて母を呼びに行つた。「何か御用ですか」と母が仕掛《しか》けた用を其儘にして置いて病室へ來ると、父はたゞ母の顔を見詰める丈《だけ》で何も云はない事があつた。さうかと思ふと、丸《まる》で懸け離れた話をした。突然「御光《おみつ》御前にも色々世話になつたね」などと優しい言葉を出す時もあつた。母はさう云ふ言葉の前に屹度《きつと》涙ぐんだ。さうした後《あと》では又屹度《きつと》丈夫であつた昔の父を其《その》對照として想ひ出すらしかつた。（同上、十六）

（4）そのうちに昏睡《こんすゐ》が來た。例の通り何も知らない母は、それをたゞの眠《ねむり》と思ひ違へて反《かへ》つて喜こん

だ。「まあゝして樂に寐られゝば、傍《はた》にゐるものも助かります」と云つた。（同上、十六）

（5）　其日は病人の出來《でき》がことに悪いやうに見えた。私《わたくし》が厠《かはや》へ行かうとして席を立つた時、廊下で行き合つた兄は「何所へ行く」と番兵のやうな口調《くてう》で誰何《すゐか》した。

「何《ど》うも様子が少し變だから成るべく傍《そば》にゐるやうにしなくつちや不可《いけ》ないよ」と注意した。

私《わたくし》もさう思つてゐた。懐中した手紙は其儘にして又病室へ歸つた。父は眼を開《あ》けて、そこに並《なら》んでゐる人の名前を母に尋ねた。母があれは誰、これは誰と一々説明して遣ると、父は其度に首肯《うなづ》いた。首肯《うなづ》かない時は、母が聲を張りあげて、何々さんです、分りましたかと念を押した。

「何うも色々御世話になります」

父は斯ういつた。さうして又昏睡状態《こんすいじやうたい》に陥《おちい》つた。（同上、十七）

（6）　私《わたくし》は又父の様子を見に病室の戸口迄行つた。病人の枕邊《まくらべ》は存外靜《しづ》かであつた。頼《たよ》りなささうに疲れた顔をして其所に坐つてゐる母を手招《てまね》ぎして「何《ど》うですか様子は」と聞いた。母は「今少し持ち合つてるやうだよ」と答へた。私は父の眼の前へ顔を出して、

「何《ど》うです、浣腸《くわんちやう》して少しは心持が好くなりましたか」と尋ねた。父は首肯《うなづ》いた。父ははつきり「有難う」と云つた。父の精神は存外朦朧《もうろう》としてゐなかつた。（同上、十八）

以上は、「こころ」の「中　両親と私」の、十三章以下における「父」の病状に関する記述のすべてを抜き書

きしたものである。危篤状態に陥った「父」の様子が、的確に、リアルに、文字通り活写されている。

（1）無精な排泄を意としないようになり、食欲も減退する。「たまに何か欲しがっても、舌が欲しがるだけで、のどから下へはごくわずかしか通らなかった。」好きな新聞を手に取る気力もなくなり、目もどんよりとしてくる。幼な友達の作さんとの会話の切なさ。

（2）運命の宣告の時を覚悟している家族の不安、緊張、疲労。

（3）時々うわ言を言うようになる。母の影が見えないと、すぐに「お光は」と聞く父。

「お光お前にもいろいろ世話になったね」

（4）昏睡がきた。それを楽に寝ていると思い違えて喜ぶ母。

（5）病状悪化。病人のそばを一瞬も離れられないような切迫した状況。そこに並んでいる人の名前を尋ねる父、説明する母。「どうもいろいろお世話になります」再び、昏睡状態。

（6）死の直前の小康状態。

三

言うまでもなく、「私」の父は、「こころ」の主役ではない。その、いわば脇役格の「父」の末期の状況を、漱石は、これほどまでにリアルに、克明に記述した。刻一刻と最後の時に近づきつつある父。看病する母。私、兄、作さんなど、その父を見守る人々。不安、緊張、疲労、一ときの安らぎ——。それらが、漱石の比類のない精緻な筆致で見事に表出されているのである。

「思ひ出す事など」で、危篤状態のさなかにある病人自身の見たものを、冷静に、リアルに描ききった筆の冴えは、「こころ」(「中　両親と私」)の中では、同じく危篤状態にある病人の状況を、それを外から見つめる視点で活写しているのである。両者に共通して見られるのは、まさしく、作家漱石の、透徹した目であり、卓越した筆力である。そして、この目。この筆力が、「こころ」の総決算である「下　先生と遺書」全五十六章では、さらに研《と》ぎすまされて、人間の弱さ、人間のエゴイズム、人間の心の解剖に立ち向かっていくのである。

(「文集　第十号」平成2年6月30日)

二　漱石以外の作家・作品を読む

・グリム童話
・トルストイ
・芥川龍之介

1　「グリム童話」を読む

「桐の会」は、漱石の作品を読もうということで出発した。最初の作品は「道草」で、昭和五十三年一月十九日から十一月十六日まで、計十一回である。以後、「明暗」「猫」「三四郎」「それから」「門」「行人」「こころ」などの主要作品と「思ひ出すことなど」「硝子戸の中」「文学論」序、「私の個人主義」「文鳥」「永日小品」「草枕」などを読んできた。「こころ」（平成二年五月十九日読了、十五回）がそろそろ終わりに近づいたころ、この後どうするかを相談した。みんなの希望は、この次は、鷗外を読みたいということであった。私としては、「道草」からもう一度読み直すのもいいことだという気もあったが、皆さんの希望を尊重して、鷗外、それも、歴史小説を中心にしよう、ということにした。私は、そのつもりでテキストの準備を始めた。そのころ、たまたま、グリム童話の話をちょっとしたことがあって、それが、「桐の会」の人たちの興味をひくこととなった。そして、鷗外に入る前に、グリムを少し読んでみようと言うことになったのである。テキストは、岩波文庫の「完訳グリム童話集」（金田鬼一訳　全五巻）と決めた。回数は七～八回、作品数は約五十編、というのが私の心づもりであったが、実際は、十三回になり、作品数も九十八編とグリム童話全体のほぼ半数になった。以下は、その記録である。

①平成二年六月十六日（土）

グリムについて――「グリム年譜」を中心に――

〈第一巻〉

・「グリム童話集」序

・「グリム童話集」改訳版　序

・一　蛙の王さま（一名）鉄のハインリヒ〈ＫＨＭ１〉

・一ィ　蛙の王子

②平成二年八月十八日（土）

・三　マリアの子ども〈ＫＨＭ３〉

・五　狼と七ひきの子やぎ〈ＫＨＭ５〉

・六　忠臣ヨハネス〈ＫＨＭ６〉

・一一　十二人兄弟〈ＫＨＭ９〉

・一三　兄と妹〈ＫＨＭ11〉

・一四　野ぢしゃ（ラプンツエル）〈ＫＨＭ12〉

③平成二年九月二十二日（土）

・一六　糸くり三人おんな〈ＫＨＭ14〉

・一七　ヘンゼルとグレーテル〈ＫＨＭ15〉

・一八　三枚の蛇の葉〈ＫＨＭ16〉
・二一　漁夫とその妻の話〈ＫＨＭ19〉

④平成二年十一月十七日（土）
・二三　灰かぶり〈ＫＨＭ21〉
・二五　子どもたちが屠殺ごっこをした話
・二八　七羽のからす〈ＫＨＭ25〉
・二九　赤ずきん〈ＫＨＭ26〉
・三〇　ブレーメンのおかかえ楽隊〈ＫＨＭ27〉
・三一　死神とがちょうの番人

⑤平成三年一月十九日（土）
・三二　唄をうたう骨〈ＫＨＭ28〉
・三三　黄金の毛が三ぼんはえてる鬼〈ＫＨＭ29〉
・三五　手なしむすめ〈ＫＨＭ31〉
・三六　ものわかりのいいハンス〈ＫＨＭ32〉
・三八　靴はき猫
・三九　ちえ者エルゼ〈ＫＨＭ34〉

・四〇　天国へ行ったしたてやさん〈ＫＨＭ35〉
・四一　おぜんや御飯のしたくと金貨をうむ驢馬と棍棒ふくろからでろ〈ＫＨＭ36〉

⑥平成三年二月十六日（土）
〈第二巻〉
・四四　まほうをつかう一寸法師〈ＫＨＭ39〉
・四五　強盗のおむこさん〈ＫＨＭ40〉
・四九　死神の名づけ親（第一話）〈ＫＨＭ44〉
・四九ィ　死神の名づけ親（第二話）
・五一　まっしろ白鳥〈ＫＨＭ46〉
・五二　柏槇の話〈ＫＨＭ47〉

⑦平成三年三月二十三日（土）
・五三　ズルタンじいさん〈ＫＨＭ48〉
・五四　六羽の白鳥〈ＫＨＭ49〉
・五五　野ばら姫〈ＫＨＭ50〉
・五六　めっけ鳥〈ＫＨＭ51〉
・五七　つぐみのひげの王様〈ＫＨＭ52〉

・五八　雪白姫〈ＫＨＭ53〉
・五九　背嚢と帽子と角ぶえ〈ＫＨＭ54〉
・五九ィ　ながい鼻
・六〇　ハンスばか

⑧平成三年四月二十七日（土）
・六一　がたがたの竹馬こぞう〈ＫＨＭ55〉
・六二　恋人ローランド〈ＫＨＭ56〉
・六三　黄金の鳥〈ＫＨＭ57〉
・六三ィ　白はと
・六四　犬と雀〈ＫＨＭ58〉

⑨平成三年五月十一日（土）
・六六　二人兄弟〈ＫＨＭ60〉
・六七　水のみ百姓〈ＫＨＭ61〉
・七一　千びき皮〈ＫＨＭ65〉
・七五　ヨリンデとヨリンゲル〈ＫＨＭ69〉
・七八　六人男、世界を股にかける〈ＫＨＭ71〉

・八四　なでしこ（第一話）〈ＫＨＭ76〉
・八四ィ　なでしこ（第二話）
・八五　ちえ者のグレーテル〈ＫＨＭ77〉
・八七　としよりのお祖父さんと孫〈ＫＨＭ78〉
・九〇　のんきぼうず〈ＫＨＭ81〉

⑩平成三年六月十五日（土）
〈第三巻〉
・九一　どうらくハンス〈ＫＨＭ82〉
・九一ィ　かじやと悪魔
・三人姉妹
・九三　かほうにくるまったハンス〈ＫＨＭ83〉
・九五　黄金の子ども〈ＫＨＭ85〉
・九九　狐とがちょう〈ＫＨＭ86〉
・一〇〇　貧乏人とお金もち〈ＫＨＭ87〉
・一〇一　なきながらぴょんぴょん跳ぶひばり〈ＫＨＭ88〉
・一〇一ィ　夏の庭と冬の庭の話
・一〇二　がちょう番のおんな〈ＫＨＭ89〉

⑪平成三年七月十三日（土）

・一〇四　地もぐり一寸法師（第一話）〈KHM91〉
・一〇四ィ　地もぐり一寸法師（第二話）
・一〇五　黄金の山の王さま〈KHM92〉
・一〇六　おおがらす〈KHM93〉
・一〇七　ちえのある百姓むすめ〈KHM94〉
・一〇八　ヒルデブラントおじい〈KHM95〉
・一〇九　三羽の小鳥〈KHM96〉
・一一〇　命の水〈KHM97〉
・一一二　ガラびんのなかのばけもの〈KHM99〉
・一一三　悪魔のすすだらけな兄弟分〈KHM100〉

⑫平成三年八月十日（土）

・一一四　熊の皮をきた男〈KHM101〉
・一一五　みそさざいと熊〈KHM102〉
・一一六　おいしいおかゆ〈KHM103〉
・一一七　ちえのある人たち〈KHM104〉

・一二〇　かわいそうな粉ひきの若いものと小猫〈KHM106〉
・一二一　旅あるきの二人の職人〈KHM107〉
・一二一ィ　からす
・一二二　ハンスぼっちゃんはりねずみ〈KHM108〉
・一二三　きょうかたびら〈KHM109〉
・一二四　いばらのなかのユダヤ人〈KHM110〉
・一二五　じょうずなかりゅうど〈KHM111〉

⑬平成三年九月二十八日（土）
・一二七　王さまの子どもふたり〈KHM113〉
・一二八　ちえのあるちびっこのしたてやさんの話〈KHM114〉
・一三〇　青いあかり〈KHM116〉
・一三〇ィ　ランプとゆびわ
・一三一　わがままな子ども〈KHM117〉
・一三二　三人軍医〈KHM118〉
・一三五　三人の職人〈KHM120〉
・一三六　こわいものなしの王子〈KHM121〉
・一三七　キャベツろば〈KHM122〉

・一二八　森のなかのばあさん〈KHM123〉
・一三九　三人兄弟〈KHM124〉

以上が、「桐の会」で取り上げてきたグリム童話である。短い作品はその全文を、長いものはその一部を輪読しながら、その時その時の感想や意見を述べ合ってきた。ストーリーを説明しながら（おさらいしながら）ハイライトと思える部分を抜き読みしてもらったこともある。「三」の繰り返しのある作品をあれこれ取り出してみたり、いくつかの作品の結末の部分を比べ読みしたりしたこともある。漱石の作品とは全く違う文学世界にとまどいながら、グリム童話の「神」について考えたり、まま母の存在や、父親不在について話し合ったりしたこともある。グリム童話のもつ残酷さ、非情さに圧倒されそうになったこともある。

いうまでもなく、「桐の会」でグリムを読むのは、分析のためや研究のためではない。今まで、なんとなくわかっているつもりであったグリムが、初心にかえって、金田氏の完訳本で読めば、どういうふうに見えてくるかを、それぞれの立場で体験してもらうためであった。グリムを、人間の知恵として、心の宝として生かしていくかいかないかは、それぞれの自由である。ただ、自分の身辺に、「完訳グリム童話集」全五巻があることを、「桐の会」の会員は誇りに思っていいと思うのである。

最後に、第二巻の中から、《八七　としよりのお祖父さんと孫》〈KHM78〉（第九回、平・三・五・一一）をあげておくことにしよう。ここには、ハンスも、魔女も、王子さまも出てこない。しかし、これもれっきとしたグリム童話である。

八七　としよりのお祖父《じい》さんと孫〈KHM78〉

むかし昔、あるところに石みたようにとしをとったおじいさんがありました。おじいさんは、目はかすんでしまい、耳はつんぼになって、膝《ひざ》は、ぶるぶるふるえていました。おじいさんは、食卓《おぜん》にすわっても、さじをしっかりもっていられないで、スープを食卓布《テーブルかけ》の上にこぼしますし、いちど口に入れたものも、逆《ぎゃく》もどりして流れでるようなありさまでした。

おじいさんのむすこと、むすこのおかみさんは、それを見ると、胸がわるくなりました。そんなわけで、おおどしよりのお祖父《じい》さんは、とうとう、ストーブのうしろのすみっこへすわらされることになりました、むすこ夫婦は、おじいさんの食べるものを、素焼《すや》きのせとものお皿へ盛《も》りきりにして、おまけに、おなかいっぱいたべさせることもしませんでした。おじいさんはふさぎこんで、おぜんのほうをながめました。おじいさんの目は、うるみました。

あるときのこと、おじいさんのぶるぶるふるえている手は、お皿をしっかりもっていることができず、お皿はゆかへ落ちて、こなみじんにこわれました。わかいおかみさんは、こごとを言いましたが、おじいさんはなんにも言わずに、ためいきをつくばかりでした。

おかみさんは、銅貨二つ三つで、おじいさんに木の皿を買ってやって、それからはおじいさんはそのお皿で食べることにきめられました。

三人がこんなふうに陣《じん》どっているとき、四歳《よっつ》になる孫は、ゆかの上で、しきりに小さな板きれをあつめています。

「なにをしているの?」と、おとうさんが、きいてみました。

「お木鉢《きばち》をこしらえてるの」と、男の子が返事をしました。「ぼうやが大きくなったら、このお木鉢でおとうちゃんとおかあちゃんに食べさせたげる」

これを聞くと、夫婦は、ちょっとのあいだ顔を見あわせていましたが、とうとう泣き出しました。そして、すぐ、としよりのお祖父《じい》さんを食卓へつれてきて、それからは、しょっちゅういっしょにたべさせ、おじいさんがちっとぐらい何かこぼしても、なんとも言いませんでした。

（「文集　第十一号」平成4年7月25日）

2　「アンナ・カレーニナ」を読む
――小西増太郎の見たトルストイ――

私は、本稿では、小西増太郎著『トルストイを語る』（昭十一、岩波書店）から、数箇所を抜粋して紹介することとしたい。

この『トルストイを語る』は、トルストイと親交のあった著者が、「老子道徳経の露訳」「ヤスナヤ・ポリヤナ訪問」「トルストイの葬儀」などを含む十三編をまとめて刊行したトルストイ回想記である。

著者小西増太郎氏については、『日本人名大事典・現代』（一九七九年、平凡社）に、次のような記述がある。

小西増太郎　一八六二――一九三九　ロシア研究家。文久二年岡山の薬種商に生る。一家は小西行長を祖として代々敬虔なクリスチャンであった。上京後、鐘つきとしてニコライ会堂に住みこみロシア語を学習、明治十九年（一八八六）西特命全権公使の随員としてロシアに渡り、キエフ神学校にて五年間神学を修め、のちモスクワ大学でグロート教授に師事して哲学を専攻。同教授の紹介によりトルストイと老子の道徳経をロシア語訳、これはのちトルストイ監修で出版された。老子共訳の仕事を終えて同二十八年秋に帰国、陸軍大学、同士官学校でロシア語を講じるかたわら、『国民の友』『哲学雑誌』等に寄稿、トルストイの思想と後期の作品を積極的に紹介、尾崎紅葉と共訳で『クロイツエル・ソナタ』を訳出、同二十九年徳富蘇峰の外国視察旅行にさいしてトルストイへの紹介状を書いた。トルストイが蘇峰に託してことづけた『杜翁手沢聖書』一巻は世界的に貴重なトルストイ資料となっている。同十二年にロシアを再訪、翌四十三年トルストイの葬儀に奇しくも立会った。帰国後、京都帝国大学、同志社大学でロシア語を教授。学生に近衛文麿、高倉輝らがいた。大正十一年（一九二二）『芸文』に「初めて杜翁先生を訪ふ」「トルストイ先生に随行三時間の汽車旅行」を発表、これらトルストイに関する数編の回想記をまとめて昭和十一年（一九三六）に『トルストイを語る』を出版。第一次近衛内閣の要請で訪ソ、旧知のスターリンと歓談したり、久原房之助ら関西実業界に交友多く、みずから製塩事業に関係するなど数奇な一生を送った。昭和十四年十二月十日没。野球評論家小西得郎は長男。（法橋和彦）

執筆者法橋和彦氏は、ロシア文学者で現在われわれが使用している「トルストイ年譜」の編者である。以下、『トルストイを語る』から、順次引用していくこととする。引用に際しては、漢字を新字体に、かなづかいも現代かなづかいに改めた。

1　序

私は十七・八歳の時、何と言う理由もなく、唯ロシア語が学びたくて東京に出た。東京では故ニコライ師に乞い、彼の設立していた露語学校で、てほどきをして貰い、明治十九年（西暦一八八六年）の春特命全権公使西徳二郎氏に連れられてロシアに渡航し、同氏の保護下に学校生活をつづけた。満五年かかって予定の過程を終え、モスクワに出でグロト教授その他の後援を得て心理学を専攻した。そして同教授の配意で文豪トルストイ伯に知られ、明治二十七年十一月から翌明治二十八年三月まで約四ヶ月間、伯の後見で老子道徳経を露訳した。

伯爵は率直で、丁寧で、同情に富んだ魅力ある紳士で、僅か四ヶ月の共同作業で、私の生涯を彼にくくりつけてしまった。私が実業界に働いた二十五年間も、その後も、私の生涯と彼、若しくは彼の作品との交渉ならざるはない程である。モスクワで伯に逢った時彼は

「私が考えた事、善いと思った事は悉く書いて置いたから、私が書いたものを読むと、それで十分だ……」

と言われた事があった。今でも私はそれを座右銘とし、トルストイ翁が書かれた書籍や、彼に関する書籍の中に潜り込んで暮らしている次第である。

過去の私の生涯を検討してみると、何だかトルストイと離れ難い因縁があるらしい。老子を彼と共訳し、永く逢わないと彼は福音書に傍点を施して私を教え、逢えば僅かの時間でも愉快な話ができ、彼の死の三ヶ月前にはヤスナヤで談笑の一日を過ごし、翌日は相共に半日を旅し、彼を葬るに際しては参加絶望としたのに、図らずも参加が出来た。因縁でなくて何だろう。回想する毎に、深い感慨を禁じ得ない。（後略）

昭和十一年九月十日　中野の寓所に於いて

小西増太郎　誌

○この序文では、小西増太郎氏の経歴の概略と、トルストイとの交流の要点が、簡潔に、しかし、情感を込めて

述べられている。

2　「越後獅子」を弾くトルストイ

ヤスナヤ訪問に出かける四、五日前、モスクワで帝国領事館を訪問した時、時の領事福田氏の官舎で、日本歌謡曲を西洋の譜にはめ込んだ書籍を見うけたので、領事に乞うて貰いうけ、お土産としてトルストイに贈った。

お茶の席でこの譜本を取り出し

「これは日本歌謡です。クラスチクと民謡を欧州風にノートにかいたものです。記念の為献呈します」

譜本をトルストイに渡すと、

「これは珍しい。日本の歌謡……私はまだ一度も見たことがない」

すぐ譜本を広げ、頁から頁へと暫く眼を移していられたが、太い眉は神経的に動き、金剛石のように光る眼は譜本から離れそうもない。

「これは変わった調べだ。珍しい珍しい」

と、おおはしゃぎである。

「孔子は音楽のことを意味深く考えた人で、自ら古楽の整理をしたほどの熱心さであった。この事は昔の東洋に確乎たる音楽のあったことを証明するものだ。だから日本にこういう歌謡があるのは不思議でない」

それからお茶に集まった家族の方々や来客の方々に向い

「小西から珍しい話を聴いたし、珍しい歌譜を貰った」

と、歌譜を夫人に示され、だんだん手から手に渡して覧られ、どの方もどの方も、

「珍しい、奇妙だ」との評が聞こえた。

中央ロシアの七月は永日短夜であるけれども、いつものまにか太陽は西に傾き、森林中はもう薄暗くなった。すると近村の知人、モスクワから避暑して来ている人々は、馬を駆って、続々とやって来る。何の訳かと問うと、どようびの接客はモスクワ同様であるとの事であった。暫くするとテリヤテンカのアレキサンドラ嬢の家屋を借り受けて避暑しているモスクワ音楽大学の教授ゴリデンウエゼル博士もやって来た。彼が来たのを認められたトルストイは、

「小西がネー　日本の民謡譜をもって来てくれた。私には全く新しい感がします」

ピアノの蓋をあけ「越後獅子」の一曲を弾奏せられた。トルストイの背後に立って弾奏を聴いていたゴリデンウエゼル教授は

「どうも珍しいハルモニーです。どれ私が一曲やってみましょう」

トルストイに代わり、ピアノに向かい、最初に「長唄勧進帳」、次に「春雨」を弾奏せられた。ピアノ専門の教授の弾奏ゆえ、一同耳をそばだてて聴いた。

「この譜は実際新しい音を聞かせます。私はこういうハルモニーがあり得ようとは、今日まで考えなかった。これをよく研究したら、何か新しいものが出来るかも知れん。暫くの間この御本を拝借します。如何でしょうか……」

「宜しいとも、おもちなさい」

とトルストイは答えられた。

○「ヤスヤナ・ポリヤナ訪問」の一節である。小西氏がヤスヤナ・ポリヤナを訪問したのは、一九一〇年露暦六月二十三日（明治四十三年七月六日）。

3　トルストイの風貌

トルストイの事は書籍、新聞紙、さては彼を知れる人々の物語りによって、よく承知し、彼の著書を読んで、その人生観の一半は知っていたが、お眼にかかるのはこの日が初めてである。このトルストイは六十八歳（これは彼の直話）、夫人ソヒヤは四十六七歳であった。

トルストイは丈も高く（五尺七八寸）、血色もいい、頭は円い方だが、後頭部が少しでばり気味で、頭髪は半白で縮れて、その末端には小さな輪がいくつも出来ていた。頬骨は少し張り出した方で、広い額には黒くて太い眉が、窪んだ眼座の上に覆のようになっていた。眼は小さい方で、眸は灰色だが、烱々として光を放つと形容すべき眼である。それに軽度の近眼であられた為か、八十三歳の老年まで眼鏡はついぞ使用せられた事がなかった。鼻はトルストイ式という、ロシアでは名高いもので、鼻座が広く、やや扁平で、鼻孔の処がひどく膨れていた。口は小さく、唇は薄く、きりっと締まった方である。歯はもうその頃一本もなかったが、義歯はきらいで、一度も作られた事がないらしい（先年アレクサンドラ嬢が西荻窪の仮寓で、私に語られたところに依ると、トルストイは生来歯性の悪い方で、三十五六歳の時、即ちソヒヤ夫人を娶られた時には、もう一本も歯はなかったと）。写真で見る彼の顔が、或は少し長めに、或は短く、或は頬が張っているように見えるのは、歯がない為であると言うものがある。之れは真実である。

トルストイは頭髪鬚髯を一向に梳られないから、頭髪はのびしだい、半白の鬚髯は逆立ちになって胸に垂れた。

四五十歳の頃までは、随分衣服のことをやかましく言われ、モスクワ、ペテルブルグの一等洋服店で、アラ・モードな服を注文せられたものらしいが、『アンナ・カレーニナ』時代からは、衣服のことは打ちやり勝ちで、手製のルパシカ、即ち当今のトルストーフカ服の前身、至って簡素な服に、革のバンドを締めると言う、労働者風をしていられた。

この夜トルストイが召していたトルストーフカは薄手の霜降り羅紗で、折襟、胸に三つの釦あり、長い袖は手首の処で二つの釦で締めてあった。ルパシカは丈の長い方で、殆ど膝に達していた。ヅボンは通常ので、靴はトルストイ手製の無骨な、そして脛を覆うてしまう長靴であった。

トルストイの容貌をよく見ていると、ロシア古代の帝国リューリク家の血筋、ペートル大帝以来の伯爵、ロシア切っての名家の気品は、どことなく認めらるるも、叙上のような質素過ぎるほど質素な服装である上に、農人めいた容貌であられてから、之れが名家の主人公、天下の大文豪であるとは、うけとり兼ねるようであった。

○「老子道徳経の露訳」の一節。小西増太郎氏がトルストイに初めて逢った時のトルストイの風貌である。背丈、頭髪、眼、鼻、口、歯、服装などを通して、トルストイの風貌が活写されている。小西氏が初めてトルストイに逢ったのは一八九四年（明治二十七年）十一月初旬の土曜日の夕方（七時過ぎ）であった。トルストイ家（ここはモスクワのトルストイ家）は、土曜日が接客日だったからである。

4　トルストイの声

トルストイの音声は濁気のない、気持ちのいい中音で、抑揚頓挫宜しきを得て、聴くものを魅する力があった。官憲の干渉で公開演説は禁止せられていたから、この方面のことは、何とも申し上げられぬが、座談に於けるトルストイの魅力はすばらしいもので、恐らく彼にまさる座談家はそう多くは当時のロシアにいなかったであろう。

○これも「老子道徳経の露訳」の一節。トルストイと老子の露訳についての打合せを終えた後で小西氏が述べた文章である。トルストイの肉声が聞こえてくるような気がする。

5　小西増太郎と老子の露訳について打合せをするトルストイ

トルストイはグロト教授と私を応接室に招き、教授をソファーに、私を自分の側の椅子に座らせて、

「小西君、君が『老子道徳経』の翻訳を始められたとグロト教授から聴いて私は喜んでいる。私は数年前、英独訳の道徳経を求め、愛読しているが、その説き方が功名深遠で大胆に幽邃な哲理を道破しているところは、真に天下一品と想うこの道徳経の立派な、英佛独訳よりもいい露訳が得たいものと希望する次第です」

「グロト教授の御希望で、老子の露訳に取りかかりましたが、何と言っても難解で有名な老子ですから、そうすらすらとは進みませんで、誠に遺憾に思っております」

「それは御尤もです。が、私の希望は、老子の露訳を、英佛独訳よりも、完全なものにしたい事です。独

訳の老子は二種ある。第一は、フリドリヒ・ボアクと言う人の訳で、一八八八年の出版、注釈も解説もない本文だけの訳である。その後第二の翻訳が現れた。之れはストラウスと言う人の筆で、本文の訳もあり、考証も注釈もあるが、英佛両語の訳本と比較翫読するに、どうも欠点があるらしい。それに高尚な意味を卑近なものとするようにも見える。だからこの本を露訳するには用語を精選する外、行文にも十二分の注意を払われたい。就いては、君の方に御異論がないなら、私が相談相手になりましょう」

と、率直に切り出された。これを聴いた私は天にも昇るような気持ちになって喜んだ。

「それは誠に有難うございます。真に願っても無い事で……どうか十分の御指導を願いたいものです。グロト教授は「若し伯爵の御指導が願えるなら、之れに越した事はない」と賛意を表された。

私達の快答で、トルストイも満足せられたらしく、晴れ晴れとした表情で、この問題に関する談話を結び

「ではこうしましょう。小西君は隔晩に老子の訳、一章か二章を携えて本邸に来られ、そしてその訳を読み上げる。私は之れを英佛独訳の道徳経と比較した、君が唯一の支那の原文によって書かれた訳と符合するや否やを調べ、翻訳を正し、間違なき時初めて行文を訂正して、訳文を極めることにしましょう。若し両君に於いて御異論なくば、次週の水曜日から始めましょう」

かくてトルストイはグロト教授に対われ

「唯今お聴きになったように取極めましたらどうでしょう。こうして勉強しましたら、四ヶ月もすると、老子の訳文が出来るわけで……」

と話され、教授も

「こうまで踏み込んで、お世話下さるに於いては、老子の訳本は完全なものが出来ることと信じます。ど

うも御厚意の段感謝に堪えません」
と答えられ、私も
「先生の御厚意を深く感謝いたします。お話のように、来週から老子の露訳を二章ずつ携えて、隔日にお伺いします」と挨拶した。
これで老子の翻訳に関する要談を終り、思想界の諸現象について、教授と意見の交換をなさった。
トルストイは
「私はこの頃フリドリヒ・ニイチェの書いたものを二、三読みましたが、思想が奇抜で面白いが、どうも温か味が乏しい……。如何にも冷たい感じがします」
と評されると、教授も之に共鳴せられた。それからトルストイは話題を新日本に向け
「私は近頃日本に関する書籍を二、三冊読みましたが、日本が頻りに欧米文化の糟粕をあさっているのを知って、あまりいい気持ちがしない。古い古い二千年の歴史ある日本の文明をふり棄てて、欧米の文明をとり容れようとするのは、その取捨に余程注意を要します。日本の古い文化と欧米の文化とを融和することは中々六ケしい。何も日本文明拋棄する必要はない。欧米文明からどの方面を取り容れるかが問題だ。まあ極く卑近な処で、今日まで採用していた菜食に近い食物を駆逐して、屠殺場を設けて牛馬の屠肉を食べる必要がどこにあろう。最近欧米の思想家や宗教家のうちには、肉食をやめて、菜食を採用しようとしているものが殖えて来る徴候があるではありませんか。私はこの問題を日本の思想家にもっと深く考えて貰いたいと思っています。」
と言葉鋭く論じられた。

○これも「老子道徳経の露訳」の一節である。前半が老子露訳の打合せの場面、後半がトルストイの日本の欧米模倣の風潮や思想家に鋭い批判がきかれる場面である。

トルストイの、老子に対するなみなみならぬ傾倒ぶり、いい仕事をしようとする熱意と緻密な計画。安易な欧米崇拝に対する痛烈な批判。ここには、全世界に対して、全人類に対して強い関心を持ち続ける作家トルストイ、思想家トルストイの素顔の一面が端的に現れているように思う。

以上、小西増太郎氏の『トルストイを語る』から、私が興味深く読んだ箇所をいくつか取り上げてきた。人間トルストイの素顔の一面をこれらの文章に見ることができるように思ったからである。

（「文集　第十三号」平成6年7月8日）

3　「アンア・カレーニナ」を読む

―トルストイの結婚・家出（日記と手紙から）―

一

一八六二年九月二十三日、トルストイは、ソフィヤ・アンドレーエヴナ・ベルスと結婚した。トルストイ三十四歳、ソフィヤ十八歳であった。

『アンナ・カレーニナ』の中で、レーヴィンはトルストイ自身を、キチイはソフィヤをモデルにしたと見られているが（もちろん、レーヴィン即トルストイ、キチイ即ソフィヤではない。）、さしあたり、結婚時の年齢などは、実体験そのままである。

二

河出書房の『トルストイ全集第十八巻「日記・書簡」』（中村融訳、昭和四十八年刊）の中から、ソフィヤとの結婚に関する記述のあるものをいくつか拾ってみよう。

八月二十三日　モスクワ

モスクワにあり。二日食べず——歯痛。ベルス家に宿泊。ぼくは自分をおそれる——もし、これが愛の願望であって、愛ではないとしたら……？　彼女の弱い面だけを見ようと努めてみる。それでもやはり、変わらない。子供みたいだ。

八月二十六日

ベルス家に徒歩で行く。心静かで、快適。乙女の高笑い。ソーニャは美人じゃない。卑俗だと思おうとしても心惹かれる。彼女に小説を読まされた。(1)何という真実と無邪気さの力であろう。彼女を苦しめているのは不明瞭さだ。心が締めつけられるようなこともなく、嫉妬や羨望の徴候をおぼえることもなく全編を読んだ。しかし、「並みはずれて人好きのしない容貌と判断の変わりやすさ」という言葉が見事にぼくの胸を刺した。

（1）中編小説『ナターシャ』でソフィヤ・ベルスは、彼女の姉リーザと結婚する「道楽者のドゥブリッツキイ公爵の人好きのしない容貌」を描写した。彼女の言葉によると、彼女はドゥブリッツキイにトルストイのいくつかの特徴を与えたというのである。以後の日記でトルストイが自分のことをドゥブリッツキイと呼んでいるのは、このことによる。

八月二十八日

三十四歳になった。例のごとく憂うつな気持ちで起床。

少し仕事をし、ソーニャに別に深い仔細もなく、頭文字で手紙を書いた(1)。

チュッチェフ邸で気持ちのいい夜会。甘美な、気持ちを鎮めるような夜。まずい面《つら》。結婚のことを考えるな。お前の使命は他にある――その代わりに多くのものが与えられているのだ。

（1）八月二十八日にトルストイはソフィヤ・ベルスに単語の頭文字だけ並べて手紙を書いた。この文字によって彼女はトルストイの自分に対する態度を推し測れるはずであった。このエピソードは『アンナ・カレーニナ』の中に再現されている（第四編十三章）。

九月九日

彼女は赤くなり、どぎまぎしている。おお、ドゥブリッツキイよ。空想するなかれ。

仕事を始めたが、出来ない。仕事の代わりに彼女に手紙を書いた。が、出さなかった。モスクワを離れることは出来ない。とても駄目だ。自分のために下心なく書く。いかなるプランもつくらないよう努める。もう一年もモスクワにいるような気がする。

九月十二日

夢中になっている。愛することが出来るということを信じていなかったかのように。ぼくは気違いだ。もし、これがこのまま続くようなら、自殺してしまうだろう。ベルス邸で夜会があった。彼女はすべての点ですばらしい。一方、ぼくは人に好感を与えないドゥブリッツキイだ。以前には用心することが必要であった。今はもうとどまることは出来ない。ドゥブリッツキイであってもかまわぬ。ぼくは、愛によって美しくなっているのだ。明日午前中に、彼らのところへ出向こう。これまでにいくらでも言い出す時はあったのに、ぼくが利用しなかったのだ。ぼくは臆したのだ――率直に言うことが必要だったのだ。今引き返してみんなのいるところで言ってしまいたい気持ちにしきりになる。神よ、われを助けたまえ。

九月十三日

何事もなし。セリョージャが来たけれども。毎日、これ以上苦しむことは出来ないし、またそれと同時に、これ以上幸福であることも出来ないと思っている。毎日、ますます気が狂ってゆく。憂悶と悔悟と幸福を心にいだいて再びおもてに出た。明日起きがけに出かけて行っても何もかも言ってしまうつもり。さもなければ、自殺だ。

九月十四日

彼女に手紙を書いた(1)。明日、つまり、今日、十四日渡そう、神よ、ぼくは何と死をおそれていることでしょう。幸福は――そのようなものは――ぼくにはあり得ないものに思われるのです。神よ、助けたまえ。

(1) この手紙でトルストイはソフィヤに結婚の申し込みをした。

九月十六日

言ってしまった。彼女は――Yes《ダー》だった。彼女は弾丸《たま》にあたった鳥のよう。書くまでもない。これはみんな忘れ去られることはないであろうし、書かれることもないであろう。

九月十七日

花むこ。贈物。シャンパン。リーザ[1]は悲しそうで、辛そうだ。ぼくを憎んでいるにちがいない。ソフィヤが接吻してくれる。

（1）ソフィヤ・アンドレーエヴナの姉。既出。

九月十八日

午前中仕事をして、それから彼女のところ。食事にリーザ欠席。

ソフィヤは接吻してくれないばかりか、苦しそうだ。

九月二十、二十一、二十二、二十三、二十四　モスクワ――ヤースナヤ・ポリャーナ

どんなふうに一週間が過ぎたか、さっぱりわからない。何もおぼえていない。ピアノの脇での接吻とサタンの出現。それから過去への羨望、彼女の愛への疑い、彼女が自身を瞞しているのだという思い――それだけ。

論文[1]と著作[2]のことで吉報。

結婚当日は、おそれ、不信、逃げ出したいような気持ち。儀式がうまく行ったという感じ。彼女の顔は涙にぬれていた。箱馬車で。彼女はすべて知っている。しかも、単純に。ビリューレフで。彼女の驚愕。病的な何か。ヤースナヤ・ポリャーナ。セリョージャはやさしく、叔母はすでに苦しみを覚悟している。夜。重苦しい眠り――彼女がではなく私が。

（1）モスクワ検閲委員会で不許可になったトルストイの論文『教育と形成』が文部大臣ゴロヴィンによって許可されたこと。
（2）出版者のステロフスキイとの間に著作集刊行の交渉があったことをさす。
（3）結婚式は形式上の申し込みが済んでから一週間後の九月二十三日に行われた。クレムリン宮殿内の帝室付属教会で挙式の後、ヤースナヤ・ポリャーナに向かい、ヤースナヤでは兄のセリョージャと叔母タチヤナ・アレクサンドロヴナが出迎えた。

九月二十五日
ヤースナヤにあり。信じ難いほどの幸福。

九月二十六、二十七、二十八、二十九、三十日
今日、一場面あった。われわれのところも他の連中のところとちっとも変わらないということが悲しかった。妻への私の感情を侮辱したと妻に言った。私は泣き始めた。

彼女はすばらしい。彼女を一層愛する。だが、偽りはないか?

十二月二十七日　モスクワ

私たちはモスクワにいる。例のごとく、不健康と不機嫌にふりまわされる。非常に彼女に不満。彼女を他の女たちとくらべ、すんでのことで後悔するところであった。しかし、こんなことは一時的なものと承知して、終熄するのを待った。無事に通り過ぎて行った。

九月二十三日の結婚式場は、クレムリン宮廷付属教会であった。

九月十六日に申し込みをして、一週間後には挙式、というスピード結婚式であるが、中村融氏が、「形式上の申し込みが済んでから」と言っているように、トルストイの逡巡にもかかわらず、ベルス家としても、ソフィヤ嬢としても、トルストイの求婚を受け入れる態勢は整っていたのである。ソフィヤを美化し、自分自身を卑下して、憂悶と悔悟と幸福の感情に激しく揺れているこの時期の状況は、『アンナ・カレーニナ』第四編の、九、十一、十三、十四、十五、十六、の各章に活写されている。

三

「日記」の九月十四日の項に、「彼女に手紙を書いた。」とあるが、この手紙でとトルストイはソフィヤに結婚の申し込みをしたのである。

ここでは、一八六二年、三十四歳のトルストイが、結婚直前に、ソフィヤにあてて認めた二通の手紙を見てみよう。

九月九日　モスクワ

ソフィヤ・アンドレーエヴナ様！

私はあなたが忍び得ないような、また忍ぶべきではない欺瞞にあなたを引き込んだのを恥ずかしくも、遺憾にも思います。さてお約束した説明ですが、お宅のご家族の私に対する誤った見方というのは、私があなたの姉上のリーザさんに恋しているとか、que je fais la cour（言い寄っている）とかいう点です。これは全くまちがっています。あなたの小説は私の頭に残っています。というのもあの中で私は自分がドゥブリーツキイだということを知り、また自分などは老いぼれた、およそ魅力のない奴、つまり、ただのリャヴォンおじさまで、神から与えられた仕事だけをこつこつとマジメにやっていればよく、仕事をなしとげたという意識以外の仕合わせなど考えてはならぬ人間だということを不幸にも実によく忘れているのをはっきり確認したからなのです。

第二の説明は――イヴィーツィで書かれた言葉は次のようなもの、もしくはそれに類したもので、意味は同じなのです。ほかならぬあなたを見ていると私はよく暗い気持ちになります。というのもあなたの若さのおかげで自分の老年と幸福の見込みなさとをあまりにもまざまざと思い知らされるからなのです。――これはあなたのお作を読む前にも書いたことですが、あのお作は青春の詩的なすばらしい要求の結果と、自分をドゥブリーツキイだと思い知らされた結果、すっかり私を冷静にしてくれました。したがっていまの私は無念さとか、Ｐに対する過去の羨望とか、あなたがこれから愛する相手に対する未来の羨望とかがないばかりか、愛する子供たちを見るように、喜ばしく、平静に、あの小説とあなたのことを思い浮かべることが出来るのです。

ただ一つ悲しいのは、私がお宅のご家族の前で何かにつけて話をもつれさせ、自分でも混乱してしまって、そのためにお宅をお訪ねするという久しく経験しなかった最上の喜びを自ら失わなければならなくなったことです。

もっとも、――あなたは正直なかたですから、うそは言えません。

たしかに私はドゥブリーツキイです、だが、妻が必要だからという理由だけで女性と結婚するなどということは――私には出来ません。私は結婚というものから途方もないものを、不可能なものを要求しているのです。私は自分が愛し得るように、自分もまた愛されたいと要求する者です。しかし、これは出来ないことです。

L・トルストイ

九月十四日　モスクワ

ソフィヤ・アンドレーエヴナ様！

私は我慢ができなくなっています。この三週間というもの私は毎日、今日こそすべてを話してしまおうと言いながら、いつも心に同じ淋しさ、後悔、怖れ、それに幸福感を抱いて帰ってきてしまうのです。そして毎夜、いまもそうなのですが、過去をいろいろと思い返しては苦しみ、なぜ言ってしまわなかったのだろう、が、言ったとしたら、どんなふうに、どんなことを言っただろう——と自問するのです。この手紙は今も持っているのですが、それはもしまた一切をあなたに告げることが出来ないか、あるいはその勇気が足りなくなったら、直接お渡しするためなのです。

お宅のかたたちの私に対するまちがった見方は、どうやら私があなたの姉上のリーザさんに恋していると思われている点にあるようです。これは正しくはありません。あなたの小説は私の脳裡に刻まれました。というのも、これを読み終わって、あのドゥブリーツキイのような私には幸福を夢みるなど柄にないことだということや、あなたの愛の要求はすばらしく、詩的であるということや、私はあなたの愛する相手を羨みもしなかったし、これからもしないことを確信したからなのです。私には自分がちょうど子供たちに対するようにあなたに対しても喜べるように思えたのです。

イヴィーツィで私は「あなたの存在は私に自分の老年と幸福の不可能さをあまりにもまざまざと思い知らせてくれました、とりわけあたしが……」と書きましたね。

しかし、あの時も、あの後も、私は自分をいつわっていたのです。まだあの時でしたら、すべてを断ち切って自らの修道院にふたたびこもり、孤独な労働と仕事に熱中することも出来たかもしれません。が、今の私はどうしようもないのです。そして、自分がお宅のご家族の方々をひっかきまわしたこと、親しい、正直な人としてのあなたとの率直な、尊い関係が——失われてしまったのをただ感じるばかりです。しかも私は立ち去ることも出来ず、とどまる勇気もありません。あなたは正直な方です。胸に手をおいて——慌てずに、後生ですから慌てずに、私がどうすべきか、教えて下さい。なにか笑えるような気になれば、仕事も出来ます。もしも一か月前に私がいま苦しんでいるように、幸福な苦しみをすることも出来るものだ、それは時期の問題だ、などと言われたとしたら、私は抱腹絶倒したことでしょう。正直に言って下さい――あなたは私の妻になりたいとお考えですか？ そしてもし本心からお望みでしたら、思い切って「イエス」とおっしゃれるはずです。が、もしもあなたの中に自己に対する疑念の影があるようなら、むしろ「ノー」と言って下さい。

どうか自分によく訊ねてみて下さい。

「ノー」を聞くのは私にとって恐ろしいことでしょう。しかし、私はそれを予見していますし、それに耐える力をも自分の中に見出すでしょう。だが、もし私が自分が愛するように愛される夫には決してなれないとしたら、これが一番恐ろしいことです。

この二通の手紙の中には、「アンナ・カレーニナ」のレーヴィンの原形がはっきりと見られるように思う。この二通は、いずれも、直接トルストイからソフィヤに手渡された。九月九日付けのものは結婚後に、そして、九月十四日付けのものは、九月十六日に、である。「一切をあなたに告げることが出来ないか、あるいはその勇気が足りなくなったら、直接お渡しするために」用意されたものであるが、実際に、トルストイは、この手紙を手渡す、という形で結婚の申し込みをしたのである。

正直に言って下さい――あなたは私の妻になりたいとお考えですか？ そしてもし本心からお望みでしたら思い切って「イエス」とおっしゃれるはずです。が、もしあなたの中に自己に対する疑念の影があるようなら、むしろ「ノー」と言って下さい。

どうか自分によく訊ねてみて下さい。

ソフィヤ嬢の返事は「イエス」だった。

トルストイの日記には、「彼女は弾丸にあたった鳥のよう」と書かれているが、ソフィヤ自身は、その時の様子を次のように回想している。

「レフはこの日ずっと私たちの家で過ごした。『お話しようと思ったのですが、駄目でした。ここにもう数日間持ち歩いている手紙があります。これを読んで下さい。ここでご返事を待ちます』私は手紙をつかむと下へ駆け下りました。手紙はすぐに通読したわけではなく、『あなたは私の妻になりたいとお考えですか?』という文句のところまで眼を走らせた。そして承諾の返事をもって階上へ戻ろうとしたとき、戸口で姉のリーザに出会って、『ねえ、どうしたの?』と訊ねられた。Le comte m'a fait la proposition（伯爵があたしに申込みをなさったの）と私は急いで答えた。母が入って来て、すべてを悟った。私の両肩をつかむとドアの方を向いて、母は言った。『あの方のところへいってご返事をなさい』私はまるで翼が生えたように、恐ろしい速さで階段をかけのぼった。レフは壁にもたれて部屋の隅に立ち、私を待っていた。私が近づくと、両手をとって、『どうですか?』と訊ねた。『もちろん、イエスですわ』と私が答えた。数分後に、家じゅうがこの出来事を知り、私たちを祝福してくれた」（『S・A・トルスタヤの日記、一八六〇—九一』より）

（中村融訳『妻への手紙』、九月十四日付けの手紙の「注」に記載。）

トルストイは、まさに、天にも昇る心地であったに違いないが、九月十六日の日記は、あっさりしすぎるくらい、あっさりしている。「書かれることもないであろう。」とも記しているが、『アンナ・カレーニナ』第四編の中ではその時の心情・状況が、精緻に、躍動的に、絶妙の筆で、ものの見事に「書かれ」ているのである。

四

トルストイにとって、ソフィヤとの結婚は、幸福でもあり、不幸でもあった。

ソフィヤは、モスクワの宮廷医アンドレイ・ベルスの次女で、文才のある美しい少女であった。

ソフィヤは、トルストイを愛し、十三人の子供をもうけた。出産・育児、日々の出納、家事全般にわたる帳簿づけ、大勢の使用人、乳母、家庭教師への配慮など、ソフィヤはキチイ顔負けの大奮闘をした。トルストイの仕事に対する理解・協力という点について言えば、ソフィヤは、明らかにキチイ以上であった。原稿の浄書（「戦争と平和」の原稿を、ソフィヤは、みずから七度浄書したといわれる）、「人生論」の仏訳、トルストイの依頼による外国の文献の翻訳（ドイツ語から、英語から）、「アンナ・カレーニナ」などの作品に関する貴重なメモ、トルストイの原稿の保管、八十四巻に及ぶ著作集の出版、膨大な数に及ぶ単行本の発行――ソフィヤは、トルストイのために、自己の体力をも顧みずに、まさに、献身的に尽くしたのである。（中村融『妻への手紙』解説、参照）

中村融氏は、ソフィヤを、いわゆる良妻賢母の典型ともいうべき婦人であった、とし、ソフィヤを悪妻視する世上の通説に異を唱えている。（同上）

ソフィヤの献身的な努力は、トルストイ自身も認めていた。トルストイはソフィヤを愛してもいた。しかし、不幸にも、二人の間の亀裂は、しだいに、修復し難いほど大きくなっていったようである。

五

一九一〇年七月十四日、トルストイは、妻ソフィヤにあてて、長文の手紙を書いている。これまで何度も考えながら、実行できないできた「家出」をついに決行する決意を表明したものである。以下は、その全文である。

七月十四日　ヤースナヤ・ポリャーナ

(一)　現在の日記は誰にも渡さず、手もとに保管することにする。

(二)　古い日記はチェルトコーフのもとから取り戻して自分で、たぶん、銀行に保管することにする。

(三)　私の日記を――われわれの意見の不一致や衝突について束の間の印象の下で書かれている個所を、お前に好意的でない未来の伝記作者が利用しやしないかという思いがお前を不安にさせるなら（お前の日記におけると同様に私の日記の中に書かれているような一時的な感情の表現が、われわれの真の関係について決して正しい理解を与えないのは言うまでもないことだが）、もし、お前にこのことが心配なら、私は、自分のお前に対する態度とお前の生活の評価を日記に、あるいはせめてこの手紙の中にでも表白する機会を得たのを喜んでいる。

お前に対する態度と評価はこうだ――私は若い時からお前を愛していたように、冷却するさまざまな原因があったにもかかわらず、絶えず愛していたし、今も愛しています。この冷却の原因は（婚姻関係の解消については言わない――そんな解消をしてみたところで真の愛ならざる欺瞞的な表現を除くことが出来るにすぎない）、この原因は、第一に、私の今の信念に私を導いてくれたような基盤を心の中に持たないお前が――それは自然なことだし、その点でお前を責めようとは思わぬ――現世の利害から離れようとせず、また離れられなかったのに、私の方はますます遠ざかり、そうした世間的利害といったようなものにいよいよ嫌悪を覚えてきたことだ。これが第一。第二は（もし、私の言うことがお前の気にさわったら許してほしい。でも、今、二人の間でおこっていることは、非常に重大なことだから、本当のことを何もかも言う必要があるし、聴く必要があるのだ）、お前の性質が近年、しだいしだいに怒りっぽい、専横的な、自制心のないものになってきたということだ。お前の性質にこうした特徴が現れてきたことは、私の気持ちそのものではないが、その気持ちの表現を冷却させないわけには行かなかった。これが第二の原因。第三の、主たる原因は宿命的なもので――この点では私もお前も悪いわけではないのだが――、それは、人生の意義と目的を二人が全く相反して解釈していることだ。われわれの人生解釈は何もかもちょうど正反対だった――生活様式も、人々に対する態度も、生活手段も。私有財産を私は罪とみなしていたのに、お前は生活の必須条件と考えていた。私はお前と別れないために、生活様式の点で、自分に心苦しい生活条件に従っていた。しかし、お前はそれをお前の意見に対する譲歩ととった。われわれの間の誤解はいよいよ大きくなって行った。まだ他にもわれわれ二人がともによくない冷却の原因はあったが、それについては言わないことにしよう。なぜなら、それらの原因はいま問題にするのは適当でないからだ。大事なことは、過去の一切の誤解にもかかわらず、私はお前を愛し、尊敬するのをやめなかったということだ。

私とのお前の生活を私はこう評価する――放蕩無頼で、性的関係で深い罪過のある私がもうかなりの年輩になって、純潔な、美しい、聡明であるお前と結婚した。この私の汚れた、罪ある過去にもかかわらず、私を愛し、辛い勤労の生活を送り、子供を生み、養い、教育し、子供たちや私の世話をやき、お前のような境遇にいる優秀で、健康で、美しい女がだれでも容易にとらえられるような誘惑に陥ることもなく、私と一緒にほとんど五十年間を過ごしてきた。お前は私がいかなる点でも非難出来ないような生活を送ってきた。お前が私の独自な精神活動についてこなかったということ、このことに対しては、お前を責めることは出来ないし、責めもしない。なぜなら、どの人間の精神生活でも、それは神とその人間との秘密であり、他人から何も要求することは出来ないからである。もし、私がお前から要求したとしたら、それは私の間違いで、それは私が悪い。

これがお前に対する私の態度の正しい叙述と評価だ。さもないと、日記の中で何が見つかることやら（今書いていることと背反するようなきついことは何もそこにはないということだけは知っているがね）。

だから（三）の個条は日記についてお前を心配させることはあり得ないし、そんなはずがあるわけがない、ということ。

（四）それは——私とチェルトコーフとの関係が今のような時にはお前にとって辛ければ、いつでも私は彼と会わないようにしよう。それは私にとってというより、むしろ彼にとって不愉快なことだと——それが彼にとってどんなに辛いかわかっているから——言わなければならないが。でも、お前が望むなら、そうしよう。

今度は（五）——もし、お前が善なる、平和な生活に対して私の出したこれら諸条件を受け入れないならば、私は、お前のもとから立ち去らないという約束を撤回する。私は家出をする。家出をする、きっと。

チェルトコーフのところへ行くのではない。彼が私の身近へ来て暮らすことはない、ということを必須条件として出しておいてもいい。しかし、必ず家出はする。なぜなら、われわれがいま送っているような生活をこれからさきも送ることは不可能だからだ。

お前の苦しみに私が冷然と耐えられるようなら、私はこのままの生活をつづけることが出来よう。しかし、私には耐えられないのだ。昨日お前は興奮して、悩み苦しみながら出て行った。私は眠ろうと思ったが、お前のことを考えるというのではなく、お前が感じられるようになったのだ。で、眠らずに、一時、二時まで耳をそば立てていた——と、また眼が覚めたり、聞き耳を立てたり、夢の中で、あるいは、半分夢の中でお前を見たりした。心静かに考えなさい。愛する友よ、自分の心の声を聞き、悟りなさい。そうすれば、お前はすべてのことを正当に決められるのだから。一方、自分のことに関しては、私は自分の方としては、それ以外には出来ない、絶対出来ないというふうに万事決めたのだ。愛する者よ、他人でなく自分を、自分自身を苦しめるのはやめなさい。お前は誰よりも百倍も苦しんでいるのだから。以上。

朝

レフ・トルストイ

○私は若い時からお前を愛していたように、冷却するさまざまな原因があったにもかかわらず、絶えず愛してもいたし、今も愛しています。

○大事なことは、過去の一切の誤解にもかかわらず、私はお前を愛し、尊敬するのをやめなかったということだ。

トルストイのこれらの言葉に偽りはないであろう。

この手紙を受け取ることをソフィヤは拒否したが、この手紙の後も、トルストイは六通の手紙をソフィヤに送っている。

八月二十九日　カチョートゥイ

親愛なるソーニャ、お前は出発の際、美しい、真心の溢れた言葉で深く私を感動させた。もし、お前があれに――何と呼んだらいいかわからぬが――お前自身の中にあってお前を苦しめているものに打ち克つことが出来たら、どんなにいいことだろう。お前にも私にもどんなにいいことだろう。ひと晩じゅう、物悲しく、気持ちが沈んでいる。絶えずお前のことを考えている。感じたままのことを書く。なにも余計なことは書きたくない。どうか手紙をおくれ。お前を愛する夫。

L・T

寝につく。十一時すぎ。

九月一日　カチョートゥイ

いとしいソーニャ、今日はお前からの手紙を待っていた、が、ターニャあてのお前の短い手紙だけでもありがたかった。

離れていてもお前のことはたえず考え、お前を感じています。お前が私のからだのことを案じてくれているのはありがたいが、私の方はお前の精神状態を心配している。どんな具合かね？　お前がいま精魂を傾けてやっている（私はそれを承知している）仕事に神の援助があるように。精神面のことが多く気にはなるが、しかし、お前のからだの健康のことを知りたいものだ。私については、いつも頭から離れないお前に対する心配な思いさえなければ、私はまったく申し分なしというところだ。健康のほうもよく、いつものように毎朝私にとってなによりも貴重な散歩を試み、新鮮な頭脳に浮かんで来て私を喜ばせてくれる感想をメモし、そのあとは家で読書や執筆をやっています。（中略）

お前はどんな予定をたてているのかね。モスクワへは行くのか、行くとすればいつごろにする？私には別にきめたプランはないが、お前の喜ぶようにしたいと思っている。ここと同じようにヤースナヤでもきっと具合よく暮らせると思い、そう信じている。

便りを待っています。お前を接吻する。

レフ

九月十四日　カチョートゥイ

ミハイル・セルゲーエヴィチに預けていったお前の手紙を読み、大いに感謝している。

（中略）

今日はよく眠ったので気力も旺盛だ。グロートについての手紙は書き上げたが、送るかどうか、まだ分らない。お前の道中はどうだった？いとしいソーニャ、どうか便りをおくれ。お前を接吻します。さよなら。

L・T

十月二十八日　ヤースナヤ・ポリャーナ(1)

私の家出はお前を悲しませるであろう。私はそれを遺憾におもう。ただ、私がそうするしかなかったということをわかっておくれ、信じておくれ。家の中での私の立場はしだいに耐えがたいものになってしまったし、今もそうだ。他のことは全部ぬきにしても、これまで生きてきたぜいたく三昧の境遇の中でこれ以上生きてゆくことは出来ない。私は私の年齢の老人が普通することをする――自分の生涯の終わりの日々を孤独と静寂の中にすごすために、俗世の生活から立ち去るのだ。

どうか分っておくれ、そして、たとえ、私の居所が知れても、迎えなどよこさないでおくれ。そういう迎えはただ、お前と私の立場を悪くするだけで、私の決心をひるがえさせはしないだろう。私との四十八年にわたる誠実な生活に対してお前に感謝し、お前の悪かった点を私が心からゆるすように、お前も私の悪かったところをゆるしておくれ。私が家出することによってお前がおかれる新しい環境に馴れてくれるよう、それから、私に悪意ある気持ちをいだかないでくれるよう――老婆心までに言いそえておきます。もし、何か知らせたいことがあったら、サーシャに伝えておくれ。あれは私の居所を知っているから、必要なものを転送してくれるだろう。だが、私の居所を教えることは彼女には出来ない。それは誰にも言わないという約束を彼女は私としたのだから。

レフ・トルストイ

私の手廻り品や原稿はまとめて転送してくれるようサーシャに依頼しておきました。

L・T

（1）家出のあとで夫人の手に届けられたこの手紙は、当然のことながら夫妻の長年にわたる夫婦生活に終止符をうつことになった重要な意味をもつもので、さすがにトルストイもこの手紙の作成にはかなりの苦心を払ったらしく、その草稿として現在、二つのヴァリアント（異文）が残されている。が、いずれも多少字句の相違こそあれ、内容は同一なのであえて訳載はしなかった。

これらの手紙で見るかぎり、トルストイは、最後まで妻ソフィヤを愛していたのである。

〈参考〉「日記」（一九一〇年）

十月二十八日　オプチナ修道院

十二時半就寝。二時過ぎまで眠った。ふと目覚めると、ここ二、三日の夜とおなじように、扉が開いて、足音が聞こえた。これまでの晩は自室の扉から覗いてみなかったが、今夜は視線を向けた。隙間ごしに書斎にあかあかと燈火がともっているのが見え、衣ずれの音が聞える。ソフィヤ・アンドレーエヴナが何か探している。おそらく、読んでいるのであろう。前の晩、彼女は、扉を閉めないよう頼み、要求した。彼女の部屋の二つの扉は開け放しになっている。したがった、私のほんのわずかな動作でも彼女には聞えるのである。昼夜を分かたず私の動き、言葉は彼女に筒抜けで、彼女の監督下にいなければならないのである。再び、足音。用心深く扉をあけて、通ってゆく。なぜかわからぬが、それは私の中に、抑え難い嫌悪の念と憤怒の情を呼びおこした。眠ろうとしたが、眠れず、一時間ほど、寝返りばかり打って、蝋燭に火をつけ、坐った。扉が開いて、ソフィヤ・アンドレーエヴナが、私の部屋に燈火がついているので驚いて「お身体いかが」と言いながらはいって来る。嫌悪と憤激が増し、喘ぐ。脈搏を数える――九十七。横になっていることが出来ず、突然、家出の最後の決心をした。彼女に手紙を認め、ただ家出さえすればよいという程度の本当に必要なものだけをトランクに入れる。ドゥシャン、それからサーシャを起こす。彼らは支度の手伝いをしてくれる。彼女が聞きつけて、一騒動が、ヒステリーが起きはしないか、そうしたら、その後、一騒動なしでは家出出来なくなると思っておののいていた(1)。

五時過ぎにどうやらすっかり支度が済んだ。厩に、馬をつけるよう命じに行く。ドゥシャン、サーシャ、ヴァーリャも支度が終わる。夜――鼻をつままれてもわからぬ。別棟へ行く道を間違えて茂みの中にはまり込み身体を刺され、木にぶつかって倒れ、帽子をなくしたが、見つからない、やっとそこから出て、母屋へとって返し、帽子をとり、あかりをつけて厩に辿りつき、馬をつけるように言いつける。サーシャ、ドゥシャン、ヴァーリャがやって来る。私は追手を予期して、震える。しかし、とうとう出発。シチエキノで一時間待つ。私は絶えず彼女が現われはしないかと待ち受ける。が、遂に車中の人となり、汽車が動き始める。すると、恐怖は過ぎ去って、彼女に対する惻隠の情が頭をもち上げてくる。けれども、なすべきことをしたかどうかという疑念は生じない。或いは、自己弁護をやっているので、私の方が違っているのかも知れぬ。しかし、私は自分を救ったような気がする。レフ・ニコラエヴィチではなくして、時々ほんのかすかながら私の内部にあるものを救ったみたいである。オプチノに到着。一睡もせず、ほとんど食事も摂っていないが、元気。ゴルバーチエヴォからの旅は労働者でぎっしりの三等車であったが、私の知覚が弱っていたにもかかわらず、教えられるところ多く、とてもよかった。今、八時。われわれはオプチナ修道院にいる。

（1）トルストイとドゥシャン・マゴヴィツキイの辿った家出の道順は――ヤースナヤを出発、シチエキノ駅（モスクワ――クルスク線。トルストイ邸から約四キロ）着――午前七時五十五分発オリョール行列車に乗車――ゴルバーチエヴォ駅（トゥーラから約八十キロ）で乗り換え――午前十時四分スヒニチキ行列車に乗車――午後四時五十分ゴゼリスク駅着――馬車でオプチナ修道院。

十月三十―三十一日　シャモルジーノ（1）

われわれの再会といわんや私の帰還はいまや全く不可能です。お前にとってこれは、みんなの言うように、極度に有害なものになるだろうし、私にとってもそれは恐ろしいものとなるだろう。というのも、私の立場は、お前の興奮、激昂、病的状態の結果、かりにそれが可能だとしても、一そう悪くなるばかりだからだ。

もしお前が私を愛していないとしても、憎んでさえいなければ、お前も少しは私の立場に立てるはずだ。そして、そうしてくれれば、お前は私を非難するようなことはしなくなるばかりか、私が平安と、なんらかの人間らしい生活の可能性を見出せるように力を貸し、自分を抑えても私を助けようと努めてくれるだろうし、もはや私の帰宅を望むようなことはしなくなるだろう。ところがお前の今の気持ち、自殺をしたいとか、やったとかいうことは、他のなにものにもまして、お前の自制心の喪失を示すもので、これでは私が戻るなど思いもよらぬことだ。お前に近しいすべての人々や、私や、そして特にお前自身をいま体験している苦しみから救うことは、お前自身以外には誰にも出来ることではない。自己のエネルギーのすべてを、お前の望んでいる一切のこと――さしあたりは私の帰還だろうが――にではなく、己れを、己れの心を鎮めることに向けるよう、努めなさい、そうすればお前は自分の望むものを得られるようになります。

私はシャモルジーノとオプチナ修道院で二日すごし、これから発つところです。手紙は途中から出します。行く先は言いません。お前にとっても、私にとってもこの訣別はぜひとも必要なものと考えるからです。どうか、私はお前を愛していないから去ったのだと思わないでおくれ。私はお前を愛し、心の底からかわいそうだと思っているのだ、だが、これ以外にとるべき途がないのだ。お前の手紙が誠心誠意書かれたものであることは分ります。しかし、お前には自分の望みを果たす力はない。それに問題は私のなんらかの希望や要求をいれてくれることではなくて、ただお前の冷静さ、つまり生活に対する落ち着いた、合理的な態度にあるのだ。が、これが欠けているうちは、私にとってはお前と暮らすことなど思いもよらぬことです。いまのような状態でいるお前のところへ戻るのは、私にとっては生を拒否することになるでしょう。が、私は自分にそんなことをする権利があるとは思いません。さよなら、いとしいソーニャ、神がお前を助けたもうように。人生は遊びではありません、そしてそれを自分勝手に放棄する権利はわれわれにはありませんし、それを時間の長さで測ることもやはり不合理です。あるいは、われわれに生きるべく残された今後の数か月は過去に生きたすべての年月よりも重要であるかもしれません、だからこそ、それをよく生きる必要があるのです[3]。

L・T

(1) これが夫人にあてた最後の手紙となった。

(注2は略)

（3）トルストイの家出を知って夫人は自殺をはかった。

六

一九一〇年十月二十八日、トルストイは、ついに、家出を決行する。

一九一〇年十一月七日、午前六時五分、トルストイは、アスターボヴァ駅の駅長舎宅で息を引き取った。行年八十二歳。

トルストイは、臨終の瞬間までソフィヤの面会を許さなかったという。

けっきょく、トルストイは、ソフィヤを愛しつづけ、しかも、拒絶しつづけたのである。

レーヴィンとキチイ。オブロンスキイとドリイ。アンナとカレーニン。アンナとウロンスキイ。そして、トルストイとソフィヤ。

夫婦の愛とは何か。

男と女の間に愛は成立するのか、また、持続できるのか。

トルストイとソフィヤの問題は、『アンナ・カレーニナ』の人物たちの問題でもあり、また、私たち自身の問題でもある。

（この稿に引用した手紙は、すべて、河出書房『トルストイ全集　第十九巻・妻への手紙』中村融訳　昭和四十九年刊、による。）

（「文集　第十四号」平成8年8月17日）

4　「アンナ・カレーニナ」を読む
―四年間の経過―

串田　ハルミ

「桐の会」の文集、第十四号が上梓されました。これは「アンナ・カレーニナ」の第五編から第八編（20回の読書会）についての感想文集であり、ここに至るまでには次のような過程を経てきました。

第一・二編――平成四年一月十八日～五年四月二十四日（14回）
　「文集　第十二号」（平成5年7月24日）
第三・四編――平成五年五月二十二日～六年三月二十三日（10回）
　「文集　第十三号」（平成6年7月8日）

第五編を読み始めた日――平成六年五月二十八日
　読み終わった日―平成六年十月二十九日
　感想文提出日――平成七年一月二十八日
第六編を読み始めた日――平成六年十一月二十六日
　読み終わった日―平成七年五月二十七日
　感想文提出日――平成七年七月二十二日

第七編を読み始めた日――平成七年六月十七日
　読み終わった日―平成七年十月二十一日
第八編を読み始めた日――平成七年十一月二十五日
　読み終わった日―平成八年四月二十七日
　感想文提出日――平成八年六月二十二日
　製本日――――平成八年八月十七日

八月二十四日に、湯沢で合評会を行う予定になっております。その日を楽しみにしばし大作を読み終った余韻にひたりましょう。

（「文集　第十四号」平成8年8月17日）

5　北岡先生と「桐の会」・文集について
―「アンナ・カレーニナ」をめぐって―

佐々木　靖　子

一

平成二十一年九月二十六日北岡先生が逝去された。私たちにとって、それは青天の霹靂であった。

私たち「桐の会」会員は、昭和五十二年十二月以来三十一年間余にわたり、北岡先生の読書指導を受けてきた。

残念ながら先生は病を得られ、本年の五月から入院されて、会を欠席されていた。しかし、九月二十六日の例会には調子がよいからと、介護タクシーを頼み車椅子で出席して下さるということだったのである。

会員は久し振りに先生にお目にかかり、お講義が受けられると、大喜びで公民館に出向いた、そこに待っていたのは先生の訃報だった。

早朝三時に亡くなられたとのことで、会員のなかで自宅で報らせを受けた人は少なく、ほとんどの人が会場に出向いてから知ったのである。私たちはただ驚き、声を呑むばかりであった。

九月二十二日にご自宅に帰られ、二十五日に病状が急変して再入院されたとのことである。

二

折しも、私たちは「桐の会」の「三十周年記念文集」を作成中で、その完成を目前にしていたところである。平成十九年の秋からその計画が始まり、文集の構成をどのようにするかを話し合い、それに基づいて具体的な作業をすすめていた。その結果「記念文集資料編」は本年六月に上梓することができ、本編も八・九分どおり進行していた。

先生も病中でありながら、文集作成には強い意欲を示され、八月に仮退院された時には「思い出す事など」の再読時の漢詩について、当時の資料を基に長文の原稿（本書34～43ページ）を寄せて下さっていた。そして次に九月の彼岸頃に家に帰れる予定だから、その時には「アンナ・カレーニナ」について書くつもりだ。たぶん四・五十枚にはなるだろう。場合によってはもっと多くなるかもしれないと言われた。

もう大体の構想は頭の中にあったようで、その稿の最後に「文集　第十四号」の最後のページにある『「アンナ・カレーニナ」を読む―四年間の経過』と「文集　第十二、十三、十四号」の「あとがき」を付記するのだと言われた。その時、わざわざ奥様に二階の書斎にある「文集」を持って来させて、これだ、これだと、指で叩いて言われた。

先生のお考えでは、トルストイの「アンナ・カレーニナ」は世界的にも屈指の小説で、それを「桐の会」が四年もかけて読んだのに、それについて会員が誰一人書かないのは非常に残念である。それならば是非自分が、何故「桐の会」で「アンナ・カレーニナ」を取りあげたのか、どのように読んできたかを書きたいと言われた。意気込んで、今直ぐにでも書きたいご様子だった。

先生が亡くなられた今、先生の頭の中の原稿は消えてしまった。ただ、私に出来る「文集　第十四号」の最後の部分と「文集　第十二、十三、十四号」の「あとがき」の転載は可能なので、それをこの「文集」に入れることにした。

三

先生はこの「記念文集」を完成させるために最後の力を振りしぼられた。

九月例会の場で訃報を聞き、直ぐに戸塚さん、細木さんと三人でご自宅に伺ったのだが、そこにはワープロ入力された「記念文集」の「まえがき」（本書190～192ページ）と、例会当日の「明暗」の「レジメ」（本書50～52ページ）が、これは先生の手書きで、人数分プリントされており、奥様とお嬢様がそれらを私たちに渡して下さった。手書きの「レジメ」は先生最後の「レジメ」で、私たちにとっては大切な形見となったのである。

先生は意識の途切れる最後まで「文集」のこと、「桐の会」のことを話しておられたと奥様が仰言っておられた。

もしや、このことが先生のお命を縮めたのかもしれないと思うと、まことに申し訳なく、また残念に思う。

いまはただ、ご冥福をとのみ祈るばかりである。

四

これまで三十年間の余、先生のご指導のもとに拙い文章を書いてきた。いまここに、この文章を書いていて、先生に見ていただけないのだと思うと非常に心細い。人前に素顔を晒しているようで、なんとも居心地が悪いのである。

思えば助詞の遣い方、句読点の位置、仮名遣い、誤字、脱字、何から何まで直していただいた。いままで、いかに先生の存在が大きかったか、いかに先生に頼り切っていたか、改めて思い知らされた思いである。

（「桐の会三十周年記念文集」平成21年12月12日）

6　芥川龍之介を読む

一　テキスト

今回、芥川龍之介を読むに当たって、選んだテキストは、次の通りである。

1　「羅生門」「鼻」「芋粥」「偸盗」　岩波文庫
2　「地獄変」「邪宗門」「好色」「藪の中」ほか　岩波文庫
3　「蜘蛛の糸」「杜子春」「トロッコ」ほか　岩波文庫
4　「大導寺信輔の半生」「手巾」「湖南の扇」ほか　岩波文庫
5　「侏儒の言葉　岩波文庫
6　「河童」ほか　岩波文庫
7　「歯車」ほか　岩波文庫
8　「奉教人の死」　新潮文庫
9　「侏儒の言葉」「西方の人」　新潮文庫
10　その他
①　「蜜柑」（芥川龍之介全集第四巻・岩波書店）

②「戯作三昧」（芥川龍之介全集第三巻・岩波書店）
③「文芸的な、余りに文芸的な」（芥川龍之介全集第十五巻・岩波書店）
④「芥川龍之介・人と死」（「群像・日本の作家十一・芥川龍之介」小学館）（「芥川龍之介全集第二十三巻」岩波書店　ほか）

11「新潮日本文学アルバム十三・芥川龍之介」新潮社）

二　経過

芥川龍之介を読み始めたのは、平成八年五月である。

第一回の作品としては、「蜜柑」を選んだ。「蜜柑」は、テキストとして使用する岩波文庫には入っていないが、龍之介を読むとすればこの作品から、という気持ちが、私にはかなり前からあったのである。作品は、『新版芥川龍之介全集第四巻』（岩波書店）からとった。

以後、平成十年七月までに読んできた作品は、次の通りである。

1　平八・五・二五（土）「蜜柑」
2　六・二二（土）「鼻」
3　七・二七（土）「芋粥」
4　八・二四（土）「桐の会」文集第十四号　合評会　（「アンナ・カレーニナ」を読む③　越後湯沢「みのり屋」）

5　九・二八（土）「地獄変」
6　一〇・一九（土）「戯作三昧」
7　一一・九（土）「藪の中」
8　一二・七（土）「桐の会」忘年会&第十六回レコード・コンサート（北岡宅）
9　平九・一・二五（土）「奉教人の死」「きりしとほろ上人伝」
10　二・二二（土）「蜘蛛の糸」「杜子春」
11　三・二二（土）「トロッコ」「白」
12　四・二六（土）「秋」「南京の基督」
13　五・二四（土）「桐の会」文集第十五号　合評会（「芥川龍之介を読む」①　前橋市中央公民館）
14　六・二八（土）「お律と子ら」「文章」
15　七・一二（土）「大導寺信輔の半生」「点鬼簿」
16　八・二三（土）「河童」（一〜十）
17　九・二七（土）「河童」（十一〜十七）
18　一〇・一八（土）「蜃気楼」「三つの窓」
19　一一・一三（土）「侏儒の言葉」
20　一二・一三（土）「桐の会」忘年会&第十七回レコード・コンサート（北岡宅）
21　平一〇・一・二四（土）「文芸的な、余りに文芸的な」
22　二・二八（土）「西方の人」「続西方の人」

23　三・二八（土）「玄鶴山房」
24　四・二五（土）「桐の会」文集第十六号　合評会（「芥川龍之介を読む」②　群馬町・土屋文明記念文学館）
25　五・二三（土）「歯車」
26　六・二七（土）「或阿呆の一生」
27　七・一一（土）（まとめ）「芥川龍之介・人と死」
二年三か月、合計二十二回で二十八編の作品を読んだわけである。

三　課題として

二年三か月を振り返ってみての私の反省は、初期の作品の扱いが少し軽くなっていることである。

岩波文庫の解説者であり、作品選定者でもある中村真一郎は、

専門の文学史家や文芸評論家のあいだでは、芥川についての評価は、初期の奇策縦横の物語作家としての面がその本領であるという意見と、そうではなくて最晩年の暗く切実な自己に直面した作風が貴重であるという説とに、はっきり二分されている。

しかし、一般の読者も、国際的な評価も、相変わらず前者の万華鏡的な作風の方に、人気が傾いているように見える。（岩波文庫・『大導寺信輔の半生』解説）

と述べているが、今回の私は、中村氏ふうに言えば、後者の立場に力点を置く気持ちで作品を選んだのである。

芥川龍之介の作品は約二百編ある。読むべき作品はまだまだ多い。「桐の会」で取り上げなかった作品については、各自の、今後の課題としていただきたいと思う。

（「文集　第十七号」平成10年11月20日）

○　芥川龍之介を読む㈠

一　平成八年五月から、芥川龍之介に入りました。「アンナ・カレーニナ」という大長編の次に、短編小説の龍之介ということで、違和感はないかな、とちょっと心配でしたが、会員の皆さん、龍之介は龍之介、という気持ちで、楽しく読んでくれました。

二　これまでに読んできた作品は、次のとおりです。

1　平八・五・二五（土）：「蜜柑」（大正八）
2　六・二二（土）：「鼻」（大五）
3　七・二七（土）：「芋粥」（大五）
4　八・二四（土）：「桐の会」文集第十四号合評会（越後湯沢）――「アンナ・カレーニナ」を読む――
5　九・二八（土）：「地獄変」（大七）
6　一〇・一九（土）：「戯作三昧」（大六）
7　一一・九（土）：「藪の中」（大一一）
8　一二・七（土）：「桐の会」忘年会&第十六回レコード・コンサート
9　平九・一・二五（土）：「奉教人の死」（大七）
10　二・二二（土）：「蜘蛛の糸」（大七）「杜子春」（大九）

11　三・二二（土）：「トロッコ」（大九）
12　四・二六（土）：「秋」（大九）
三　今回の、文集第十五号では、「トロッコ」までを対象とすることとしました。十四号までと違う点は、次のとおりです。
1　一人分の字数を、二〇〇〇字から三〇〇〇字程度、と字数を限定したこと。いつも三〇枚、四〇枚と大作を書く阿部さんや、戸塚さんには、ちょっと申しわけない気がします。
2　これまでは手書きだったものを、ワープロ仕上げとしたこと。読み易さを考えてのことでしたが、手書きの持つ、個性的な味わいは失われてしまいました。
　ワープロを提案したのは北岡ですが、これは、字数を限定したことと合わせて、合評会での検討事項としたいと思います。
四　第十五号は、「芥川龍之介を読む㈠」としました。
龍之介は、この後、二年くらいかかる予定ですので、「芥川龍之介を読む㈡・㈢」と作成し、最後に三冊を合冊して、『芥川龍之介を読む』の文集にしたいと思います。
五　校正は一回だけです。見落としがあるかもしれません。ミスがあったら、ごめんなさい。
　これからも、楽しくがんばりましょう。

平成九年五月十九日

（「文集　第十五号」平成9年5月19日）

○　龍之介を読む㈡

一　「芥川龍之介を読む㈠」（「桐の会」文集第十五号）
（平成九年五月十九日）は、平成九年三月までに読んだ作品が対象でした。それ以後に「桐の会」で取り上げてきた作品は、次のとおりです。

・平九・四・二五（土）：「秋」「南京の基督」
・五・二四（土）：「芥川龍之介を読む㈠」合評会
・六・二八（土）：「お律と子ら」「文章」
・七・一二（土）：「大導寺信輔の半生」「点鬼簿」
・八・二三（土）：「河童」（一～十）
・九・二七（土）：「河童」（十一～十七）
・一〇・一八（土）：「蜃気楼」「三つの窓」
・一一・二二（土）：「侏儒の言葉」
（・一二・一三（土）：「桐の会」レコード・コンサート）
・平一〇・一・二四（土）：「文芸的な、余りに文芸的な」

・二・二八（土）：「西方の人」「続西方の人」

今回の文集の原稿は、平成九年十二月から翌月にかけて書かれていますので、「文芸的な、余りに文芸的な」までが対象となっています。

二　今回は、文集用の原稿用紙を用意しました。Ａ４、二九字×一九行（五五一字）です。一人分の枚数は、三枚〜五枚で、若干の増減はかまわない、ということにしました。

三　今回も、ワープロ仕上げとしました。一人分の入力に要する時間は、だいたい四時間前後ですが、あれやこれやと雑事に紛れて遅くなり、二月例会に間に合いませんでした。申し訳ないことでした。

四　これからの予定は、

三月：「玄鶴山房」

四月：「歯車」

五月：「或阿呆の一生」

です。

これで、平成八年五月から読み始めた芥川龍之介は、終わりとします。ちょっとさびしいような気もしますが、最後まで、心をこめて読んでいきましょう。

平成十年三月二十五日

（「文集　第十六号」平成10年3月25日）

○　龍之介を読む㈢

「芥川龍之介を読む㈢」が出来上がりました。「桐の会」の文集としては、第十七号となります。

最初、「芥川龍之介を読む」は、適宜な時期に小文集二～三冊を作り、最後にまとめて一冊の文集にする、というふうに考えていましたが、小文集①・②に、便宜上、第十五号、第十六号と命名してきたので、今回も、その流れにのって、第十七号となるわけです。

第十五号が二十九ページ、第十六号が三十二ページ、今回の第十七号が三十九ページ、合計一〇〇ページです。

全文をワープロ入力するというのは、芥川龍之介の文集で初めて試みたのですが、これは、長短半ばする、という気がします。読みやすいというメリットがある代わりに、枚数制限、というディメリットがあります。書き手の手書きの温かさが失われるというのもマイナスでしょう。今後の文集（さしあたり、第十八号は、漱石の「それから」になりますが）をどういうふうにするか、会員の皆さんと考えていきたいと思います。

ところで、小文集三冊、という構想は、北岡が提案したものですが、二年三か月の間に、文集三冊、というのは、少しきつかったかもしれません。長編のものと違って、短編は、何も書かないでいると、次々と読んでいくうちに、前に読んだものを忘れてしまう、ということになりやすいので、このような形にしてもらったのですが、ちょっと押しつけがましかったかなと、少し、反省しています。

でも、とにかく、龍之介文集としても、三冊めが出来上がりました。ごくろうさまでした。

平成十年十一月二十日

（「文集　第十七号」平成10年11月20日）

○「桐の会」三十周年記念文集「資料編」・同「記念文集」について

資料編・まえがき

「桐の会」が発足したのは、昭和五十二年十二月八日（木）であった。したがって、平成十九年は、「桐の会」としては、三十年目にあたる。

その三十周年の記念行事として、私たちは、三十周年記念文集と、三十年を回顧する〈資料編〉を企画した。記念文集については、構成を考え、原稿を書いてもらい、あとは、ワープロ入力すればよいという状態になっていた。ところが、私の体調が悪くなり、文集の仕事は全く進まないまま、今日に至っている。

一方、〈資料編〉の方は、思いがけなくも、戸塚さんご夫妻の、とくに、ご主人の戸塚英夫様の献身的なご尽力のおかげで、このような見事な（Ｂ５版、カラー刷り、281ページの）〈資料編〉が出来上がった。卓越したパソコン技術を駆使し、毎号の「桐の会」文集の顔ともいうべき佐々木康夫様の表紙を見事に再現してくださっただけでも、感謝・感激なのに、そのほかに、目次、北岡の文章、あとがき、合評会、尾瀬ハイキング、レコード・コンサートなどの「桐の会」の諸行事までも、会員たちの持ち寄った資料を丹念に拾い上げて整理し、「桐の会」の三十年間を一目瞭然の形で資料化していただいた。そのご尽力、ご努力の大きさには感謝の言葉もないほどである。ことに、文集所載の北岡の文章を、全部収録していただいたことは、まことに恐縮の至りである。

どんなに言葉を連ねても、この〈資料編〉作成のご尽力に感謝しつくすことはできそうもない。ただただ感謝あるのみである。

戸塚英夫様、戸塚千都子様、ほんとうにありがとうございました。

平成二十一年　三月二十八日

北岡　清道

記念文集・まえがき

「桐の会」が発足したのは、昭和五十二年十二月八日（木）であった。したがって、平成十九年は、「桐の会」としては、三十年目にあたる。

その三十周年の記念行事として、私たちは、三十周年記念文集と、三十年を回顧する〈資料集〉を企画した。記念文集については、すでに、平成十九年十一月に、構成を考え、原稿も書いてもらい、添削もすませ、あとはワープロ入力すればいいという状態になっていた。ところが、私の体調がワープロ入力に耐えられないほど悪化したために、文集の仕事は、全く進展をみないまま、平成二十一年夏まで経過してしまった。このままで三十周年記念の文集は日の目を見ないままに終わってしまう。そういうことは絶対あってはならない。私は、富岡の緩和ケアの病棟でひとり悩んでいた。

その時、救世主のごとく名乗りをあげてくださったのが戸塚秀夫様であった。

あの、すばらしい〈資料編〉を見事に仕上げてくださった戸塚様が、こんどは文集の入力も引き受けてくださるという。原稿全体を入力するとすれば、かなりの分量（B5版、本文122ページ）になり、かなりの時間を必要とする。それを承知の上でお願いするのは恐縮で、申し訳なくて、と、私が頭の中で悩んでいるうちに、ワープロ入力は戸塚様の手でどんどん進んでいた。会員のみんなの原稿はすべて入力され、残っているのは原稿未提出の北岡のみ、という状態になっていた。その私の原稿も九月のはじめに何とか書き上げ、それを戸塚様に再入力してもらって仕上げていただいた。

これで、「桐の会」三十周年記念文集は完成した。

とはいえ、「桐の会」の皆さんには長い間ご心配をおかけしてすみませんでした。何とか自分の力でやりあげたいと思いながら、結局は多くの時間をむだにしてしまいました。申し訳ありませんでした。

さて、完成したこの「桐の会」三十周年記念文集。一見、はっと目につく豪華な桐の花に色どられた表紙、本文は美しい花のカットに満ちた、まさに花の文集である。

「桐の会」三十周年記念文集。この花の文集が、「桐の会」の会員だけでなく、「桐の会」を取り巻く多くの人々の目にも触れ、心にも響き、いつまでも大切に見守っていただければ、これほどうれしいことはない。

最後になりましたが、すごいとしか言いようのない見事な表紙をお描き下さった上に、数多くの花の画を提供してくださった佐々木康夫様、この文集全体を入力してくださり、さらに、佐々木様の美しい多くの花を、本文の各ページに見事に定着させてくださった戸塚秀夫様、ほんとうにありがとうございました。「桐の会」の会員一同、どんな言葉で感謝しても感謝しきれないくらいの気持ちでいっぱいでございます。
ほんとうにありがとうございました。

平成二十一年十月十五日

北岡　清道

（平成21年9月5日　稿）

（平成21年9月26日　歿）

三　追悼

ありし日の北岡清道

弔辞

北岡先生　先生の御講義を涼風の吹くころには拝聴できるものと信じて私どもは御快復を祈りつつ心待ちにしておりました
九月の会には五か月ぶりに車椅子でおいでいただけるとのこと皆わくわくしておりました
ところが突然　全く突然この二十六日の朝先生の御訃報に接しました　息をのんだまま声を失い　我を忘れました　まだ夢を見ているような思いでございます
思い起こせば　昭和五十二年十二月八日でした　北岡先生を講師にお迎えし　私どもは前橋市の婦人学級をきっかけに「桐の会」を立ち上げました
漱石研究者としての先生の御助言をいただき一作一作漱石の作品を読み重ねてまいりました　その間　小説の構成　伏線の張り様また　漱石の俳論　漢詩文に至るまで　その都度　お教えいただきました
また一冊読了ごとに〝うまく書こうとせず自分の思ったままを素直に書きつづりなさい〟のお言葉を頼りに　私どもは文章を編んでまいりました
この三十二年の間に書きつづった文集は二十三冊にも及び　私どもの一大財産となりました　文集を眺める度改めて〝光陰矢の如し〟の感を強くし時の流れの速さに驚きつつも　感無量の喜びに浸っております
文集合評会は　会員それぞれの解釈や感性が交差する中で一層読みも深まり　己自身をも知る絶好の契機となり

ました
あの一仕事終えた達成感と解放感は私どもの命の再生にもつながりました
中でも修善寺温泉「菊屋」での合評会は特に特に心に残っております
先生は　この会を持つに当たって奥様を伴われて下見をなさり万全の準備を整えられ　当日私どもは「漱石の間」で会を催すことができました
今でもあの折の漱石懐石とお抹茶の味は懐しく思い出されます
数々の思い出を包み込んだ「桐の会」三〇周年記念文集の資料編も上梓されお届に上がりました折先生は殊の他喜んでくださいました
記念文集も　あと一息というところでしたのに　誠に誠に残念の極みでございます
年末恒例のレコードコンサートや映画鑑賞会も誠に楽しいひとときでした　御自宅の大きなスクリーンに映るオペラの名場面　ベートーヴェンやモーツァルトの名曲の数々等　私どもの感性の琴線を目覚めさせていただきました
先生がこよなく愛された尾瀬にも十数回ハイキングを企画され　私どもを案内してくださいました
先生は都合　五十数回行かれたとか――私どもの心に浮かぶ思い出の風光は　走馬灯のように脳裏を駆け巡ります　青空を映す清流一面に広がる水芭蕉の群生　清澄な大気　木道を吹き抜けるさわやかな風
北岡先生　今尾瀬は草紅葉真っ盛りのシーズンを迎えております　池塘は燧ヶ岳を映し　尾瀬ヶ原には　秋風が吹きわたっております
先生　先生は今　どの辺りを巡っていらっしゃいますか　先生が病を押して書かれた最後の御講義メモ　先生の

私どもへのお言葉等　いずれを拝見しても御誠実な先生のお人柄がしのばれ身にこたえます
三十二年間という長きにわたって　私どもの方こそ誠に誠にありがとうございました
厚く厚く　御礼申し上げます
今後は奥様をはじめ　御遺族の皆々様そして私どもを黄泉の国から　お守りください
御霊の安らかなることを　ひたすらお祈り申し上げましてお別れの言葉と致します

平成二十一年九月二十八日
桐の会一同
代表　阿部喜久江

「桐の会」会員名簿

大手　幸江
阿部　喜久江
斉藤　正子
市川　悦子
石田　マサ子
串田　ハルミ
芳賀　紀子
倉林　あい
関根　みどり
堺　頼子
内田　千秋
佐々木靖子
川野　京子
関根　正子
高田　まさ江
戸塚　千都子
細木　蓉子
松本　春野

在籍した会員、ほかに28名（平成二十二年現在）

第1回レコードをきく会
と　き：56・12・17（木）1.30 ～ 3.30PM
ところ：北岡宅　　きく人：桐の会会員

PROGRAM　A

一　三国幻想曲（石井真木作曲）　鬼太鼓座
二　雲居調（山本邦山作曲）　山本邦山（尺八）
三　雅楽「秋庭歌一具」（武満徹作曲）から　東京楽所
　1　塩梅　　2　退出音声
四　小諸馬子唄（長野民謡）　（唄）佐藤松子　原田直之　外崎繁栄
五　吹奏楽のための木挽歌（小山清茂／大木隆明）
前橋商業高等学校吹奏楽部

PROGRAM　B

一　管弦楽曲2題
　1　「軽騎兵」序曲（スッペ作曲）
　　カラヤン指揮　ベルリン。フィルハーモニー管弦楽団
　2　交響詩「中央アジアの草にて」（ボロ　ディン作曲）
　　アンセルメ指揮　スイス。ロマンド管弦楽団
二　バイオリン小品集
　1　ツィゴイネルワイゼン（サラサーテ作曲）
　　ハイフェッツ（Vn）スタインバーグ指揮　ROA交響楽団
　2　序奏とロンド。カプリッチオーソ（サンサーンス作曲）
三　ピアノ協奏曲第22番変ホ長調. K. 482（モーツァルト作曲）
　　バレンボイム指揮＆ピアノ　イギリス室内管弦楽団
四　歌劇「蝶々夫人」（ブッチーニ作曲）から
　1　ある晴れた日に　テバルディ（S）
　2　かわいい坊や　セラフィン指揮
　　ローマ聖チェチーリア音楽院合唱団管弦楽団

PROGRAM　C

一　幻想交響曲（ベルリオーズ作曲）

ミュンシュ指揮　パリ管弦楽団

第1楽章　夢と情熱　　第2楽章　舞踏会　　第3楽章　野の風景

第4楽章　断頭台への行進　　第4楽章　ワルブルギスの夜の夢

二　ミサ曲ロ短調（バッハ作曲）から

ヨッフム指揮　バイエルン放送合唱団。管弦楽団

21合唱　ホザンナ　　22マリア　ベネデクトゥス　　23マリア　アーニュス。デイ　　24合唱　ドーナ。ノービス。バーチュム（我らに平安を与え給え）

第３回　桐の会　レコード・コンサート
と　き：58年12月15日（木）10.00 ～ 16.00
ところ：北岡宅

一　日本の音楽

1　吹奏楽のための木挽歌（小山清茂／大木隆明）
　前橋商業高等学校吹奏楽部（指揮　大木隆明）

2　三味線の音楽
　１）（細棹）歌舞伎―だんまり―　　三味線　芳村伊十七ほか
　２）（細棹）歌舞伎―勧進帳―　　〃　　〃
　３）（中棹）新内流し―大川端―　　〃　　新内勝一朗ほか
　４）（太棹）野崎　　〃　　鶴澤　清治ほか

3　三国幻想曲（石井真木）
　鬼太鼓座

二　CDによる音楽

1　チェンバロ協奏曲　No. 4　イ短調　BWV1065（J. S.バッハ）
　ピノック（チェンバロと指揮）イングリッシュ・コンサート

2　アーメリング／シューベルト・リサイタル　アーメリング（ソプラノ）ボールドウィン（ピアノ）

3　交響曲No. 41ハ長調K・551「ジュピター」（モーツァルト）
　クーベリック指揮　バイエルン放送交響楽団

三　フルートの音楽

1　「忠実なる羊飼い」から（ヴィヴァルディ）
　ランパル（フルート）　ヴェイロン＝ラクロワ（チェンバロ）

2　フルート・ソナタ　ト短調　作品１の２（ヘンデル）
　フルート・ソナタ　ヘ短調　作品１の11（ヘンデル）
　ランパル（フルート）　ヴェイロン＝ラクロワ（チェンバロ）

3　フルート・ソナタNo. 1　ロ短調　BWV1030（J. S.バッハ）

ニコレ（フルート）　リヒター（チェンバロ）

四　ベートーヴェン

1　序曲「レオノーレ」No. 3

カラヤン指揮　ベルリン・フィルハーモニー管弦楽団

2　バイオリン・ソナタNo. 5「春」

オイストラッフ（バイオリン）オボーリン（ピアノ）

3　「ミサ・ソレムニス」から

カラヤン指揮　ベルリンPO・ウィーン楽友協会合唱団ほか

五　ブラームス

1　交響曲No. 4　ホ短調作品98

バーンスタイン指揮　ウィーン・フィルハーモニー管弦楽団

六　その他いろいろ（リクエスト・コーナー）

第6回「桐の会」レコード・コンサート
と　き：1987年1月22日（木）9.30～16.00
ところ：北岡宅

〜〜〜〜〜プ　ロ　グ　ラ　ム〜〜〜〜〜

1　バレエ映画「赤い靴」(VHD)
　1948年、イギリス映画。
　　監督：マイケル・パウエル、エメリック・プレスバーガー、アントレ・ウォルブルック（レルモントフ)、モイラ・シアラー（ペイジ）ほか

2　四季（ヴィヴァルディ）／尾瀬（LV)
　イ・ムジチ合奏団

3　リクエスト・コーナー
1）吹奏楽のための木挽歌（小山清茂／大木隆明）
　大木隆明／前橋商業高校吹奏楽団
2）雲居調
　山本邦山（尺八）
3）聖母マリアの夕べの祈り（モンテヴェルディ）
　コルボ／ローザンヌ合唱団および合奏団
4）無伴奏チエロ・ソナタ第1番ト長調BWV1007（J. S.バッハ）
　ヨーヨー・マ（VC)
5）「メサイア」（ヘンデル）
　ガーディナー／モンテヴェルディ合唱団、イギリス・バロック管弦楽団
6）ピアノ協奏曲第26番ニ長調K・537「載冠式」
　ペライア（ピアノ＆指揮）イギリス室内管弦楽団

7）夜想曲第10番変イ長調作品32の２（ショパン）

フー・ツオン（P）

8）その他

4　ヴァイオリン・ソナタ第５番へ長調作品24「春」

オイストラッフ（Vn）オボーリン（P）

5　交響曲第２番ハ短調「復活」

メータ／ウィーン・フィルハーモニー管弦楽団

ルートヴィヒ（Ms）　コトルドス（S）

ウィーン・国立歌劇場合唱団

（メモ）

第9回「桐の会」レコード・コンサート（A）
と　き：平成元年12月9月（土）10.00～16.00
ところ：北岡宅

1．J. シュトラウス：喜歌劇「こうもり」全曲（LD）
C. クライバー指揮 バイエルン国立管弦楽団・国立歌劇場合唱団
演出：オットー・シェンク
アイゼンシュタイン— E. ヴェヒター（Br）ロザリンデ— P. コバーン（S）　フランク—B. クッシェ（Bs）　オルロスフキー— B. ファスベンダー（A）　アルフレート— J. ホプファーヴィーザー（T）　ファルケ— W. ブレンデル（Br）　プリント—F. グルーバー（T）　アデーレ— J. ペリー（S）　イーダ— I. スタインバイザー（S）　フロッシュ— F. ムクセネーダー

2．モーツァルト：ピアノ・ソナタ第14番ハ短調K. 457（CD）
内田光子（P）

3．J. Sバッハ：カンタータ第4番「キリストは死の縄目につながれたり」（LP）
カール・リヒター指揮　ミュンヘン・バッハ管弦楽団・合唱団
アンナ・レイノルズ（A）　ペーター・シュライヤー（T）　テオ・アダム（Bs）　トマス・ブランディス（Vn）　ハンス・マルティン・リンデ（ブロックフレーテ，リコーダー）　コンラッド・シュタインマン，ペーター・イエーネ（ブロックフレーテ）

第11回「桐の会」レコード・コンサート
と　き：平３・12・21（土）10.00 ～ 15.00
ところ：北岡宅

きく人：阿部喜久江　石田マサ子　串田ハルミ　倉林あい　堺　頼子
　　　　佐々木靖子　戸塚千都子　芳賀紀子　細木蓉子　北岡清道

プ　ロ　グ　ラ　ム

一　「アイネ・クライネ・ナハトムジーク」（モーツァルト）
　　フランソワ・パイヤール指揮　パイヤール室内管弦楽団

二　フルート四重奏曲第一番ニ長調K. 285（モーツァルト）
　　パトリック・ガロワ（フルート）　ペーター・チャバ（ヴァイオリン）　ピエール・アンリ・クセンブ（ヴィオラ）　トゥルルス・モルク（チェロ）

三　「聖母マリアの夕べの祈り」（モンテヴェルディ）から
　1　ガーディナーによる解説
　2　⑫　賛歌：めでたし、海の星
　3　⑬　マニフィカトⅠ
　　ジョン・エリオット・ガーディナー指揮　モンテヴェルディ合唱団　ロンドン・オラトリー少年合唱団
　　　アン・モノイエヨス／マリネッラ・ペンニッチ（ソプラノ）
　　　マイケル・チャンス（カウンターテノール）
　　　マーク・タッカー／ナイジェル・ロブソン／サンドロ・ナグリア（テノール）
ブリン・ターフェル／アラステア・マイルズ（バス）

（昼食・忘年会）

三　追悼

四　グレゴリア聖歌《聖母マリアのお告げの祝日のための聖歌》
　　フォスコ・コルティ指揮　アレッツォ・フランチェスコ・ニコラディーニ・スコラ・カントールム

五　交響曲第38番ニ長調K. 504（モーツァルト）
　1．アダージョ　―　アレグロ
　2．アンダンテ
　3．フィナーレ．プレスト
　　レナード・バーンスタイン指揮　ウィーン・フィルハーモニー管弦楽団

六　バトル／ノーマン：わがこころのスピリチュアルズ
　1　最後の審判日（バトル／ノーマン）
　2　天上から音楽が／幼きダビデ（バトル／ロウズ／アレン）
　3　悪口を言われたの（バトル／ノーマン）
　4　神は高みに（バトル）
　5　ギレアデには慰めの薬がある（バトル／ノーマン）
　　キャスリン・バトル（S）　ジェシー・ノーマン（S）
　　レヴァイン指揮　オーケストラ＆コーラス

［メ　　モ］

第23回「桐の会」忘年会＆レコード・コンサート

日　時：平成15年12月20日（土）10.00 ～ 16.00
場　所：北岡宅（027-243-7130）
参加者：阿部喜久江　市川悦子　内田千秋　川野京子　串田ハルミ　倉林あい　堺　頼子　佐々木靖子　高田まさ江　戸塚千都子　細木蓉子　北岡清道

一　「鈴木いね子作品集」から〈CD〉
1　ゆりかご
箏：鈴木いね子
2　筑紫の春
箏（Ⅰ）：仲林光子　箏（Ⅱ）：角矢晴美　箏（Ⅲ）：恩田順子
笛：仲林利恵

二　フルートとチェンバロのためのソナタ第２番　変ホ長調　BWV1031〈CD〉（J. S.バッハ？）
第１楽章　アレグロ・モデラート
第２楽章　ラルゴ・エ・ドルチェ
第３楽章　プレスト
フルート：オーレル・ニコレ
チェンバロ：カール・リヒター

三　「梯　剛之・伝説のライヴ」から〈CD〉
1　ピアノ・ソナタ第10番　ハ長調　K. 330（モーツァルト）
第１楽章　アレグロ・モデラート
第２楽章　アンダンテ・カンタービレ
第３楽章　アレグレット
2　即興曲第４番変イ長調（シューベルト）
ピアノ：梯　剛之

三　追悼

四　「アヴェ・マリア作品集」から〈CD〉

1　アヴェ・マリア（グレゴリア聖歌）

東京少年少女合唱隊　指揮：長谷川冴子

2　アヴェ・マリア（シューベルト）

ルチア・ポップ（ソプラノ）

ミュンヘン放送管弦楽団　指揮：クルト・アイヒホルン

《忘　年　会》

五　《レオノーレ》序曲　第３番　作品72a（ベートーヴェン）〈DVD〉

ウィーン・フィルハーモニー管弦楽団

指揮：レオナルド・バーンスタイン

六　歌劇「トスカ」全３幕（プッチーニ）　（映画版）〈DVD〉

監督：ブノワ・ジャコ

制作：ダニエル・トスカン・ブランティエ

〈配役〉

トスカ：アンジェラ・ゲオルギュー（ソプラノ）

カヴァラドッシ：ロベルト・アラーニャ（テノール）

スカルピア：ルッジェーロ・ライモンディ（バス・バリトン）

アンジェロッティ：マウリツィオ・ムラーロ（バス）

堂守：エンリコ・フィッソーレ（バリトン）ほか

指揮：アントリオ・パッパーノ

コヴェントガーデン・ロイヤル・オペラハウス管弦楽団及び合唱団　ティフィン少年合唱団

お礼のことば

平成二十一年九月二十六日、「桐の会」例会のある日に、北岡清道は八十才一か月の生涯を終えました。

「桐の会」発足から三十二年がたったということです。

三十二年前というのは過ぎてしまった今では、ついこの間のことのように思います。が、その時、生まれた人も今年は三十二才という働き盛りの立派な大人になっている年月です。

会員のほとんどの方は「お母さん」だと聞いています。とすると、そのころは、小さいお子さんの育児中であったり、働いていらっしゃる御主人もいらっしゃたことと思います。その方がたが、月一回の読書会に出席なさることも、その前の下読み、一作ごとの読後感をお書きになることは、心身ともに大変だったのではないでしょうか。

その上、レコードコンサート、日帰りや、一泊旅行など、北岡にとっては、うれしく、楽しい計画も会員の方がたには大変なことであったと思いますし、御家族の方の余程の御理解も必要であったと思います。

三十二年の間には、会をおやめになった方、転居さなった方、お亡くなりになった方、また新しく入会なさった方等、いろいろな方がいらっしゃったと聞いています。現在は十一人の方がいらっしゃるそうです。

その間、北岡は「きりの会」「桐の会」と嬉々として、資料を集め、ノートをとり、計画をたてていました。特に定年で勤めをやめてからは、机に向っている時は、「桐の会」のための何かをしていて、それが生き甲斐になっているように見えました。

昨年二月に腰痛で寝たきりの一か月を過ごし、二月例会を欠席させていただきました。そのころ、記念文集を作る話になっていたようですが、三月になっても、ねたり、起きたりの状態で、どうにも自分ではできなくなり随分気にしていました。

ところが、会員の戸塚様の御主人様が、パソコンで打って下さるというので一安心していたようです。できあがった資料編を見て北岡も私も「あっ」と驚いてしまいました。

表紙、裏表紙に、これまで出版した二十二冊の佐々木様の御主人様が手作りして下さった表紙がカラーで印刷してあり、見開きには漱石の写真、途中に「アンナ・カレーニナ」の挿絵、終りの方には、漱石療養中当時の写真や菊屋旅館の写真が印刷してありました。

会の方が「何冊いりますか」と云われても全部手作りの本なので、あまり欲ばったことは云えず、おそるおそる「十冊」と云いました。いただいた後も、うれしくて「あの人にも、この人にもあげたい。」と云っていましたが、限られた人だけに送りました。人に物を差し上げるのに「惜しみをかけては悪いネ。」と話しながら、結局我が家に残ったのは二冊だけになりました。その一冊を病がひどくなり三か所に痛み止めを使うようになったため、入院することになりましたが、入院した時も持って行き、飽かず開いては見ていました。それから四か月の入退院を繰り返す間いつも持ち運んでいました。

次に文集を発行するとの話になった時、会の方が下刷りを持ってきて下さった、その時も、また驚きました。所どころに佐々木様の御主人様がお描きになった絵が、挿絵としてカラーで印刷してありました。その方がたがお帰りになった後、二人で何度も何度も今度出る文集や、挿絵のことを、くり返し話してばかりいました。

「桐の会」のことが、どうしても頭から離れず、九月二十六日の土曜日に例会があるので「出席したい。」と云い出し、自分で介護タクシーに予約を入れました。そのころは、自分でベットから車椅子に乗りトイレに行けるようになっていました。

それからは、椅子に坐り、机に向って、パソコンを打ったり、ノートに何か書いたり「明暗」をくり返し読んだり、しるしをつけたりして、「桐の会」のことばかりに明け暮れていました。

九月二十二日に、何度目かの退院をして、張り切っていましたが、二十五日のお昼ごろから、どうも様子が変になり、私が強く云って介護タクシーをキャンセルしました。娘の夫の配慮で救急車を呼び入院しました。そして、夕食を自分で食べた後、意識がうすれ、二十六日午前二時ごろ、両手で何かを支えるような格好をして息絶えました。

三十二年の間には会の方がたに失礼なことを云ったり、したりしたこともあるでしょうし、我まゝいっぱい振るまって会の方々にいろいろ御迷惑をかけたり、不愉快な思いをおさせしたことも度々あったことと思いますが、それでも、そんなことを赦し、温かく見守ってお付合い下さったことを心から感謝しています。そして、息絶えるまで「生き甲斐」を与えて下さり、告別式には心のこもった弔辞を読んで下さり、本当にありがとうございました。

自分で文集作りに参加したいという思いと、九月例会に行けなかったことだけを心残りにして逝ったと思います。

が、続けて文集を作り上げて下さるとのこと、きっと涙を流さんばかりに喜んでいると思います。

北岡も、私も、感謝の言葉もないくらい、ありがたく、うれしく存じています。

本当に、ありがとうございました。

平成二十一年十一月五日

北岡清道

妻　弘子

（「桐の会　三十周年記念文集」平成21年12月12日）

あとがき　――人に恵まれて――

「桐の会」三十周年記念文集・資料編をお読み下さった鳴門教育大の橋本暢夫先生が、北岡の論考・考察・まとめなどを一冊にまとめては、と御助言下さった。北岡はすでに病床についていたが、自分で文集の中の原稿を抜き出し、コピーして溪水社に出版をお願いした。

前文を書き、自分でパソコンに入れ、「平成二十一年十月十五日」と日付を打っていた。

亡くなったのは平成二十一年九月二十六日であったが、それまで死を予測していなかったようだ。それは私も同じで「骨癌」ということは本人も私も知ってはいたが、娘の夫の竹原健が医者で、痛み止めを処方してくれていたので、痛みを感じることもなく、意識が昏乱することもなかったので、さしせまった危機感を持っていなかった。

「桐の会」とは三十二年間のお付き合いで会員の方々とは気心もよく通じていて、大変よくしていただいていた。

北岡は月一回の例会に二月ごろから休んでいたが、九月二十六日の例会には、ぜひ出席したいと自分で介護タクシーを予約し、車椅子に乗って出席するつもりでいた。

当日から始める漱石の「明暗」再読のレシピもベットにねたまま、九月二十六日から十二月まで四回分の計画（本書50～52ページ）を紙に書きつけていた。

「桐の会」の会員の方たちは体調をくずし欠席が続いていた北岡を度々お見舞に来て下さったり、「資料編」や「文集」の下書きを持ってきて下さったり、文集作りの計画などを話しに来て下さった。

「桐の会」「三十周年記念文集資料編」と「記念文集」はこのようにして、現会員十一人と佐々木様の御主人様、佐々木康夫様と戸塚様の御主人様、戸塚英夫様の手作りでできあがった。

四月に昔からの友人である有田守成画伯の個展を見に広島へ行った。主治医である竹原健が「行ってもいい。」と云ったので喜んで出かけた。「今できることは、みなさせておいた方がよい。」という竹原の判断であったようだ。

広島では五十年近く前の広島での教え子の人たちが、たくさん逢いに来て下さった。そして、ホテルと会場、駅までの送迎を車でして下さったり、会食をして下さったり、駅まで手作りのお弁当を持って見送りに来て下さったりした。前橋に帰ってからも、わざ〳〵お見舞に来て下さったり、お手紙や絵や手作りの帽子やサイドポケットや花瓶などを送って下さったりした。

群馬大の卒業生の方々も家や病院へ度々お見舞に来て下さった。

入院している時は看護師さんや栄養師さんたちが、至れり、つくせりの手厚い看病をして下さり、退院している時はケアマネージャーの方が度々おいで下さり相談に乗って下さり、訪問看護師さん、お風呂へ入れて下さる人たちも、おだやかな笑顔で接して下さった。

亡くなって告別式には橋本先生は徳島から、大阪教育大学の中西一弘先生は奈良から、有田画伯は広島から、群馬大学の藤本宗利先生、「桐の会」の方がた、卒業生の方がたが、たくさんおいで下さって旅立ちを見送って下さった。

いろ〳〵なことに興味を持ち、研究一筋ではなかったにもかゝわらず、見放さず、あたたかく厳しくご指導下さった野地先生は「桐の会」の毎号の文集にも目を通していただいた。

この本の出版にあたっては、娘の夫の竹原健が原稿をコピーしてくれ、耳がきこえない私にかわって出版社との連絡をメールでしてくれた。健の父上、竹原茂様は表紙にする尾瀬の写真を提供して下さり、扉にする有田画伯の絵を写真にとって下さった。橋本先生はなれない私のために、本の構成を考えたり目次を作ったり校正をして下さった。

溪水社の社長様は、竹原や橋本先生、私と度々連絡をとりながら、半年以上もお気づかいをしながら出版を待って下さった。ありがとうございました。

たくさんの人に恵まれた一生を送ることができ、亡くなってからも、まだ助けて下さる人々に恵まれたこと、北岡も私もありがたく心から感謝している。

本当にありがとうございました。

平成二十二年四月

北岡弘子

著者略歴
北岡　清道（きたおか　きよみち）

1929年（昭和４年）広島市生まれ。2009年（平成21年）９月26日歿。1956年広島大学教育学部国語科卒業。1958年広島大学大学院修士課程（教科教育）修了。1958年から1965年まで広島県大下学園祇園高等学校教諭。1968年３月広島大学大学院博士課程（国語教育学）を終え、同年４月から鳥取大学教育学部講師（国語科教育）。1973年同大学助教授。1975年４月、群馬大学助教授。1980年同大学教授。1989年から1993年まで群馬大学教育学部附属幼稚園園長（併任）。1995年同大学定年退職。群馬大学名誉教授。1999年大村はま賞受賞。2009年瑞寶中綬章受章。
（主な著作）
「生活綴方実践史研究」（平成21、溪水社）
「徒然草学習指導の研究」（共著　土井忠生編、昭37年、三省堂）
「世界の作文教育」（共著　野地潤家編、昭49年、文化評論出版）
「作文・綴方教育史資料」（共著　野地潤家編、昭61年、桜楓社）
「教科書からみた教育課程の国際比較」１、総集編、２、国語科編（共著　教科書研究センター編、昭59年、ぎょうせい）
（主な論文）
「鳥取県の生活綴方運動――谷口友好氏の文集活動を中心に」（昭46年）
「調べる綴方――峰地光重を中心に」（昭47年）
「生活綴方における社会意識と実践の問題――村山俊太郎のばあい」（昭47年）
「鈴木三重吉の綴方教育論――生活綴方の方法の源流としての」（昭33年）
「赤い鳥」綴方の実践記録――「綴方の書」（木村不二男著、昭13年）（昭55年）
「言語教育論の研究――ファイストの言語教育論」（昭36年）
「西ドイツにおける詩の指導――ハウプトシューレ用のLesebuch（読本）（Klett社、1981年～1988年）の詩教材を中心に」（昭63年）
「西ドイツの小説指導――小説教材を中心に」（昭64年）　など

表紙　（写真）「初夏の尾瀬ヶ原」　日本山岳写真協会会員　竹原　茂
裏表紙（版画）「水芭蕉」　竹原　茂
扉絵　（油絵）「海」　新制作協会会員　有田　守成

漱石を読む―読書会「桐の会」とともに―

2010年９月26日　発　行

著　者　北岡　清道
発行所　㈱溪　水　社
広島市中区小町1－4（〒730-0041）
電話（082）246-7909
E-mail:info@keisui.co.jp

ＩＳＢＮ978－4－86327－112－8　C1090